唐代の人は漢詩をどう詠んだか

唐代の人は漢詩をどう詠んだか

中国音韻学への誘い

大島正二

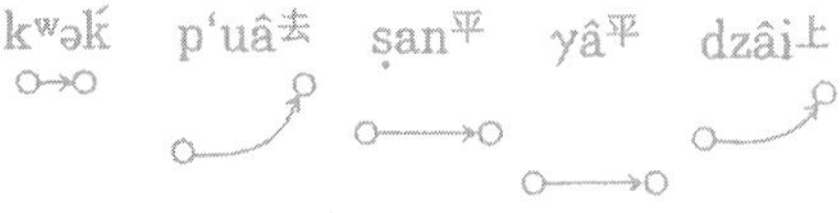

岩波書店

話のまえに

日本には漢詩(中国古典詩)*の愛好者がかなり多いようです。そのためもあってでしょう、漢詩の書物も少なくありません。ただ、そのなかに漢詩を組立てている漢字の音韻(言語《ことば》の音)についてやさしく語ったものは、私が目にする限りでは、ほとんどないようです。

中国古来の伝統的な文芸である漢詩は、改めて説明するまでもなく、押韻《おういん》という音律上のリズムが必要です。このリズムこそ漢詩をささえる大きな柱のようなものでしょう。しかし、漢詩を愛好する方々でも、ともすれば漢詩のもつ中国音のリズムをないがしろにする傾向にあるのではないでしょうか。

よく知られている漢詩の一つに孟浩然《もうこうねん》の「春暁」――春眠不覚暁、処処聞啼鳥……――があります。この詩は「春眠暁《しゅんみんあかつき》を覚《おぼ》えず、処処啼鳥《しょしょていちょう》を聞く……」のように訓読されるのが一般的でしょう。でもこの訓読文は、日本語とは言語の性質がまったくちがう中国語で書かれた詩を、ほかの外国語のテキストの翻訳のように原文からはなれた日本語の訳文をつくるのではなく、原文の漢字を一つ一つ目で追いながら日本語の語順にあわせて日本語に置きかえた、言ってみれば人工的な文体です。

中国語で書かれた詩や文章を読み下す、つまり訓読するために、日本人は長い時間をかけてその技《わざ》に磨きをかけてきましたが、いつからか、その訓読文のリズムが漢詩のリズムと同じように感じられるようになってきたようです。「春眠暁を覚えず……」という訓読のリズムが、ともすれば「春暁」の詩そのもののリズムと考えられがちになったのではないでしょうか。それが中国語では「chūn mián bù jué xiǎo/chù chù wén tí niǎo」（現代音――ローマ字表記〈拼音《ピンイン》〉の発音の要領についてはxiiページ以下参照）と読まれることを、とくに気にもとめずにすませてきた方も少なくないのではと思われます。

日本人が、中国語の音韻に通じることなくその国の古典が読めるというのは、やはり驚くべきことです。しかし、そこにはおのずから限界があります。中国語の詩文を言語の性質がちがう文体に同化させて読み下そうとするために、原文の中国語としてもっているリズムがそこから抜けおちてしまうのです。ですから、本格的に中国の詩文を学ぼうとする方、愛好する方々には、やはり中国音で、しかももし可能ならば、その作品がつくられた時代の音で読んで、その作品を理解し味わっていただくことが望ましいと思うのです。

本書はこのような観点から、漢詩を主な素材として中国語の音韻についてお話しようとするものです。音韻とか、それに関わる研究の内容などは、日ごろ耳にする機会もほとんどないこともあってでしょう、ともすれば、何となく難しいという謂《いわれ》のない先入観をもたれて敬遠されがちです。しかし、漢字の音は、形と義（意味）とともに漢字を形づくっている重要な要素です。〝四字熟語〟もよし、〝難訓〟の読解や〝点画〟を論じて漢字の〝本義〟を追い求めるのももとより結構ですが、世界に類を見ない漢字という文字の本質を知るためには、漢字の音韻について理解を深めることも大事なことなのではないでしょうか。その音韻を研究の対象とする分野に〈中国音韻学〉があります。

中国音韻学という学問が研究の対象とするのは広い範囲におよんでいます。そもそもは南北朝時代のころ、作詩をするときの参考書として編まれた、いわば〝韻引き字典〟の〈韻書〉の内容や、そこに反映する音韻などの考察にはじまりましたが、しだいにその領域をひろげ、最古の詩集である『詩経』時代の音韻や、李白や杜甫たちが活躍した唐代の音韻はどのようであったかを、今日に残されている資料にもとづいて復元(再構築)したり、また中国語(漢民族の言語)の音韻が古代から現代へどのように変化してきたかをたどり、さらには、中国文化の影響を濃く受けた朝鮮やベトナム、日本に移植された漢字音なども研究の対象とするようになりました。これが中国音韻学のおおよそです。

音韻学はこのように、音韻をとりまく様々なことがらを対象としますが、本書が目指すのは唐代音の復元です。いまや幻《まぼろし》となった古代の音韻は、幾重もの厚いベールに覆い隠されていて、その姿かたちをそう易々《やすやす》と見せてはくれません。そのためもあってでしょうか、隠された姿かたちを、今に残る資料を駆使しながら推理を積みかさね、復元しようという作業には、ことのほか興味がそそがれます。

このような謎解きにも通じる古代音復元の試みは、洋の東西を問わず、人々を魅了してきました。日本では、『古事記』や『万葉集』などの万葉仮名の用法を精査して、奈良時代の音韻体系を明らかにし、その後の音韻の変遷を説き明かした橋本進吉氏の業績(『古代国語の音韻に就いて』岩波文庫、一九八〇、底本は『国語音韻の研究(橋本進吉博士著作集4)』一九五〇、岩波書店)が広く知られています。なお、橋本氏の研究成果はただ音韻の問題だけにとどまりませんでした。その研究によって奈良時代の日本語は、単語の意味や語源、文法上のことがらなどについて全面的に再検討されなければならなくなりました。音韻の研究はほかの領域にも大きく貢献しているのです。

一方のインド・ヨーロッパ諸語についても多くの見るべき研究がなされています。そのおおよそは、例えば、風間喜代三『言語学の誕生――比較言語学小史――』(岩波新書、一九七八)にまとめられていますし、専門的なものとしては高津春繁『比較言語学』(岩波全書、一九五一)などがあります。これらをご覧になれば、古代音の復元、ひいては音韻にまつわる数多くの問題がいかに人々の関心事になっていたかがおわかりいただけると思います。

本書で中国音韻学のすべてを詳しく紹介することはできません。ただ、唐代音の復元をゴールにすえながら、音韻学の全体をカバーできるように心がけ四部構成にしてまとめたつもりです。その概略は以下の通りです。なお、本文は講演と質疑応答(Q&A)の形式にしています。

第1話では、晩唐の代表的な詩人といわれる杜牧《とぼく》の七言絶句「江南春」(江南の春)を素材として、詩韻、押韻、声調(平・上・去・入の四声《しせい》)、平仄《ひょうそく》など、漢詩ひいては音韻一般にかかわる基礎的なことがらを、ヨーロッパや日本の詩歌と対比させながら解説します。これはまた、第3話での試み、「江南春」を唐代音で読むときの前提の知識ともなります。また、音韻は時代とともに変化することを、日本の漢字音にその跡《あと》を残している入声《にっしょう》音の消滅や、現代の北京方言とも結びつく、平声《ひょうしょう》の分裂などを例としてあげ、第2・3話へ移るための準備を整えます。

第2話では、はじめに、古代中国でおこなわれた漢字研究のなかで占める音韻学の位置について説明します。次いで、古代中国の音韻を探るうえで、基礎的な文献である〈韻書〉と〈韻図〉について、それが成立した文化背景や仕組み(基本構造)などを紹介し、関連する専門用語《テクニカルターム》の解説をします。それぞれの分野では独自の用語——専門用語——がつかわれます。音韻学にもいくつか一般には馴染《なじ》みのない用語が登場します。〝専門用語〟という言葉には、ともすれば難しいというイメージがつきまといがちです。できれば避けてとおりたいのですが、用語がもっている固有の意味内容と用いられ方を基礎的な知識として共有することは、話をすすめるためにはどうしても必要です。やさしさを心がけますので、ぜひお目通しください。音韻学がいっそう身近なものになると思います。

第3話では、第1話でとり上げた杜牧「江南春」の唐代音の復元を試みる前提として、まず、古代音の復元にいたるまでの先人たちの作業の軌跡(研究略史)をたどります。古代音の復元は一朝一夕にして成ったものでないことがよくおわかりいただけるでしょう。

第4話ではすでに失われてしまった古代の音を復元する方法とプロセス、そして復元のために用いられる材料を具体例といっしょに示しながら解説し、唐代の復元音(仮説)を呈示します。そのころに録音されたテープ類などないのに、どのようにして復元するのか、その過程をたどることは推理小説のようにスリリングです。そして最後に「江南春」を唐代音で読み、江南の春を旅することにしましょう。

私たちにとって漢字はもはや〝異文化〟とは言えないでしょう。日常の言語生活ときっても切り離せない存在であることは誰もが認めるでしょう。本書は、漢字がつねに身にまとっているにもかかわらず、ともすれば見逃されてしまう〈音韻〉というものの正体や歴史、それを支えてきた文化背景などいろいろな方面から光をあて、その全体像を、他の領域をも視野に入れながら浮き彫りにしようというものです。日本語化した漢字音、それを生み育てた故郷《ふるさと》でのさまざまな姿をうかがい知り、音韻への関心をよぶ縁《よすが》ともなれば幸いです。

＊　私たち日本人は、中国の古典詩を、さらに中国の詩の体裁を真似た日本人の作も「漢詩」と呼んでいます。しかし中国では、中国古典詩を、現代中国語の詩を「新詩」というのに対して「旧詩」といいます。「漢詩」というと「漢代の詩」を意味します。

漢詩（中国古典詩）は三〇〇〇年の歴史をもっています。古くは『詩経』（紀元前一一〜紀元前六世紀）の四言（一句が四字）、『楚辞』（紀元前三世紀ごろ）の六言（三言＋休止符＋三言）の形がまず現れます。その後、漢代以後（紀元前二世紀ごろ）に新しく起こった五言と、六朝末期（六世紀）に起こった七言との二つの形式が発展し、唐の中ごろ(八世紀)には、五言と七言のすべての形式が出そろいました。それを図示すると次のようになります(図1)。

- 詩
  - 古体詩 ― 古詩(楽府を含む)＝句数不定
    - 五言古詩
    - 七言古詩
  - 近体詩
    - 絶句＝四句
      - 五言絶句(二〇字)
      - 七言絶句(二八字)
    - 律詩＝八句
      - 五言律詩(四〇字)
      - 七言律詩(五六字)

図1

ちなみに、『詩経』の詩は一句四字が基本だといいましたが、これを四言詩《よんごんし》(あるいは四言詩《しごんし》)といいます。漢字は表語文字で、一字が一言です。それで四言詩とか五言《ごごん》詩、七言《しちごん》詩とかいうのでしょう。

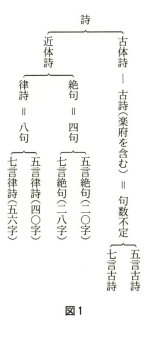

拼音《ピンイン》（現代中国の全国共通語〈普通話《プートンホワ》〉のローマ字表記）の発音の要領

〈母音〉

a　口を大きく開けて「ア」。ただ複母音(ian)のaは「エ」と発音。

o　口をやや丸くして「オ」と発音。

e　「エ」の口の形をして「オ」と発音。ただ複母音(ei・ie・uei)は「エ」と発音。

i　口を横に引いて「イ」と発音。（yで綴る場合もある）

u　口を丸くつき出して「ウ」と発音。（wで綴る場合もある）

ü　「ユ」と「イ」の中間の音。

〈頭子音〉

b d g　パ行・タ行・カ行の音を、息をおさえて発音。

p t k　パ行・タ行・カ行の音を、息を思いきり出して発音。

m　マ行の音。

l　英語のlの音。

h　ハ行の音を喉の奥の方で出す。

j　「チ」を息をおさえて発音。

q　「チ」を息を思いきり出して発音。

x　「シ」の音。

※　以上、j q xにつづく母音iは口を横に引いて「イ」と発音。

zh　舌の先を上顎につけ、「チ」を息をおさえて発音。
ch　舌の先を上顎につけ、「チ」を息を思いきり出して発音。
sh　舌の先を上顎に近づけ、舌をやや離して「シ」と発音。
r　舌の先を上顎に近づけ、舌をやや離して「リ」と発音。
※　以上、zh ch sh r につづく母音·i は口を横に引かないで「イ」と発音。
z　「ツ」を息をおさえて発音。
c　「ツ」を息を思いきり出して発音。
s　サ行の音。
※　以上、z c s につづく母音·i は「ウ」と発音。

〈末子音〉
n　英語の pin の n（[n]）の音。
ng　英語の ping の ng（[ŋ]）の音。

目次

第1話　漢詩と韻

——中国音韻学への第一歩

Ⅰ　はじめに

このたび漢字にまつわる音韻のお話をすることになりました。話は、前項「話のまえに」でお伝えしたように、その内容によって大きく四つの部分に分かれます。本日のお話は、その第一の部分にあたります。なお、言語学という領域などでは〈音声〉と〈音韻〉とを区別して使うことがありますが、ここでは〈音韻〉を〝言葉《ことば》の音《おん》〟というほどの意味で用いますので、そのように理解してください。

ところで、漢字という文字は、あらためてご説明するまでもないでしょうが、〈形〉と〈音〉と〈義〈意味〉〉という三つの要素をあわせもつ珍しい文字です。古代中国の人びとは、この三つの要素のそれぞれについて考察をかさね、形については〈字書〉、音については〈韻書〉と〈韻図〉、義については〈義書〉と呼ばれる書物を残しました。そして彼らの後輩たちは、それぞれをもとに、独自の〈文字学〉〈音韻学〉〈訓詁学〉という学問を実らせたのです。

漢字文化圏に住む私たちは、大なり小なり、それらの恩恵をこうむりながら日々を送っています。このたびは、この三つの領域のうち、もっぱら音韻学に的《まと》をしぼってお話をします。これから、その音韻学を探る旅に出かけますが、その旅立ちに先だって、漢詩を素材に、旅行に必要な基礎的な事がらのお話をまずいたします。

ところで、中国にはわずか八文字で中国文学の歴史を端的に言いあらわす言葉があります。漢文・唐詩・宋詞・元曲(漢の文章・唐の詩・宋の詞・元の戯曲)がそれです。それぞれの時代の代表的な文学を言いえて妙なるものがありますが、ここで〝唐は詩〟といわれているように、詩がもっとも盛んですぐれた作品を生んだ時代は唐といわれています。そこで、この場でも唐詩を素材とします。

ただ、唐詩と一口で言ってもその数はまことに多く、唐詩の全集である清・康熙《こうき》帝勅編の『全唐詩』九〇〇巻(一七〇七)には四万八〇〇〇首あまりの詩がおさめられています。作者もご存じのように、李白《りはく》(七〇一〜六二・出生地不明)、杜甫《とほ》(七一二〜七〇・河南省鞏《きょう》県)、孟浩然《もうこうねん》(六八九〜七四〇・湖北省襄樊《じょうはん》市)、韓愈《かんゆ》(七六八〜八二四・河南省南陽)、白居易《はくきょい》(七七二〜八四六・陝西省渭南《いなん》)、柳宗元《りゅうそうげん》(七七三〜八一九・山西省南西部)、杜牧《とぼく》(八〇三〜五三・陝西省長安)など多士《たし》済々《せいせい》です。

それらのなかから、ここでは晩唐の杜牧の詩をとりあげることにしました。それは、杜牧の詩の魅力もさることながら、詩に反映していると思われる音韻に着目したからにほかなりません。詳しくはこれからのお話の中で適宜ふれることにして、なにはともあれ、杜牧の詩「江南春」(原文)を紹介しましょう。いわゆる近体詩《きんたいし》(今体詩)(xiページ参照)の一種で、七言絶句《しちごんぜっく》といわれるものです。

千里鶯啼緑映紅　水村山郭酒旗風

南朝四百八十寺　多少楼台煙雨中

この詩の訓読などはのちにお伝えしますが、この段階でなにかご質問があったらどうぞ。

Ⅱ　漢詩と韻のはなし

漢詩と韻

Q　早速ですが、うかがいます。漢詩では〃韻を踏《ふ》む〃とか〃韻を合わせる〃〃押韻《おういん》〃などといいますが、その〈韻〉について説明してください。

A　この詩では、第一句のおわりの「紅」、第二句のおわりの「風」、第四句のおわりの「中」が韻を踏んでいる字――〈韻字〉といいます――です。

中国文学者の一海知義さんが面白いことを言っていました。「簡単にいえば、お寺の鐘が〃ゴォーン〃と鳴ると、あとにのこる〃ォーン〃という部分が韻」で「耳にのこる音のひびきを〃余韻《よいん》〃というのはそのためだ」というのです。(1)少しばかり説明を補います。

中国の人びとは大昔から、自分たちの言語《ことば》(中国語)が二つの部分からできているということを承知していたようです。〃ゴォーン〃を例にとるなら、〃ゴ〃と〃ォーン〃に分けるのです。

中国語の音節《おんせつ》は、〃子音＋母音〃――このように、母音でおわる音節を〈開音節《かいおんせつ》〉といいます――か、

〝子音＋母音＋子音〟――このように、子音でおわる音節を〈閉音節《へいおんせつ》〉といいます――のようにまとめられます。この頭の子音――〈声母《せいぼ》〉といいます(2)――をとりのぞいた部分が〈韻〉にあたります――韻には〈声調《せいちょう》〉という要素がかならず伴いますが、このことはのちほどお話しします――。

杜牧の「江南春」の韻字についてみてみましょう。第一句の「紅」の現代中国語はホン（hóng）ですが、はじめの子音（声母）h-をとりのぞいた -óng、これが〈韻〉です。

そして第二句の「風」、第四句の「中」の音を調べると「風《フォン》」（fēng）・「中《チュン》」（zhōng）で、それぞれの音節のはじめの子音（声母）、h-・f-・zh-はちがいますが〈韻〉の部分の -ong はおなじです。もう一度「江南春」をみてみましょう。

〇〇〇〇〇〇紅
〇〇〇〇〇〇風
〇〇〇〇〇〇〇
〇〇〇〇〇〇中

これで〈韻〉を合わせたこと、つまり〈押韻〉したことになります。そして句のさいご、つまり脚《あし》にあたる場所の文字「紅」「風」「中」で韻を合わせるので〈脚韻《きゃくいん》〉といいます。つまり、すべての漢詩は〝脚韻を踏む〟ということになります。一言つけくわえますと、韻は、多くの場合、一・三・五などの奇数句ではなく、二・四・六などの偶数句末で踏みますが、「江南春」のような七言詩の場合は、ここでも示したように、第一句末でも踏むことが多いのです。ただ、その理由はよくわかっていないようです。

漢詩の韻について、ここではとりあえず現代中国語の音で説明しました。しかし、古代の漢字音はそれとはだいぶちがっていたようです。長い年月のあいだに音韻もかなり変化しています。ですから、たとえ現代中国語ができたとしても、漢詩の韻のことは、あらためて学ばなければ正確なことはわかりません。

Q ところで、ヨーロッパの詩も韻を踏んでいるのですか。

A ヨーロッパには、韻を踏まない散文的な詩もありますが、行《ぎょう》のおわりに同じ響きの音をもつ語をそろえる、つまり韻を踏む詩もあります。

人びとの考えや感情を伝える働きをもっているもの、それは言葉ですが、この伝達は言葉の意味によっておこなわれているだけでなく、言葉がもっている音《おん》の響きや調子《リズム》もまた意味の一部となって、ときには言葉よりも雄弁に、聴く人の心を揺り動かす大きな役割をはたしていると思います。これはヨーロッパの詩でも同じでしょう。ただ、ヨーロッパの詩にみられる押韻は、漢詩の押韻とはまったくちがいます。漢詩は〈韻〉と〈平仄〉(二一ページ参照)とで裏うちされた七言絶句とか五言律詩などの形式を活かしながら詠みあげますが、その点にヨーロッパの詩とのちがいがあります。

Q　漢詩の押韻とヨーロッパの詩の押韻とのちがいを具体的に説明してください。

A　そのちがいは、言語の構造がことなるためにおこると言えます。中国語は〈単音節語〉で、しかも〈声調〉という特徴をもっています(二〇ページ参照)。これに対して、ヨーロッパの言語は〈多音節語〉――二音節以上の音節で形づくられる言語をいいます――ですし、声調はありません。あるのは〈強弱アクセント〉です。

ヨーロッパの詩の韻《ライム》は漢詩とおなじように大きな役割をはたしています。ただこの韻《ライム》は、ふつう、行のおわりに置かれる単語の、最後尾の音節がおなじ音をもっていて、お互いに呼応する関係にあるものをいいます。一例をあげましょう。イギリスの詩人、ミルトン(John Milton、一六〇八～七四)の詩「わが失明について想う」の第一節です。

When I consider how my light is spent
Ere half my days, in this dark world and wide,
And that one talent which is death to hide
Lodged with me useless, though my soul more bent
　人生の道半ばにも達せずして、この暗き世界でわが明《めい》を失い、

隠匿するはその罪万死に値すといわれるわが一タレントの才を
内に蔵したまま無に帰せしむるのではないか、と思い、
しかも、かつては全身全霊をあげてこの才を用い、主に仕え、

（訳詩は、平井正穂編『イギリス名詩選』一九九〇、岩波書店、によりました。体裁は改めてあります）

一行目と四行目の最後尾の spent[spent] と bent[bent] が、二行目と三行目の wide[waid] と hide[haid]が押韻しているのがおわかりと思います。どうぞ漢詩の押韻と比べて、共通するところ、ちがうところなどを整理してみてください。

Q ヨーロッパの詩と比べてみて、漢詩の押韻の性格がいっそう浮彫りになったと思います。ところで日本の詩歌はどうですか。押韻はみられるのでしょうか。

A 日本の詩歌には、和歌・俳句・長歌などがありますが、注目したいのは、それぞれが、五音とか七音の句に七音か五音の句をつづけ、五音・七音か七音・五音の調子《リズム》を基本としていることです。仮名三十一文字の和歌は五・七・五・七・七のように五音と七音の調子《リズム》をくり返して完結させます（〔例〕心なき・身にもあはれは・知られけり・鴫《しぎ》立つ沢の・秋の夕暮）。十七文字の俳句は五・七・五（〔例〕古

池や・蛙《かわず》飛び込む・水の音)です。

歌舞伎の台詞《せりふ》では七音と五音の句をえんえんとくり返して観客を魅了する、いわゆる七五調と呼ばれる技法がみられます(〔例〕浜の真砂《まさご》と・五右衛門《ごえもん》の・歌に残せし・盗人《ぬすっと》の・種《たね》は尽きねぇ七里ヶ浜……)。これでおわかりのように、日本の本来の詩歌にあるのは五・七音の調子であって、韻を踏んでいる姿はみられません。そもそも日本語は、子音＋母音で音節を形づくっていました。この音節が完結した単位でアルファベットのように子音と母音を切りはなすことも、漢字のように音節を声母と韻母の二つに分ける(一六七ページ、注2参照)こともしません。ですから、語頭の子音をとりのぞき、もっぱら主母音(プラス末尾の子音)の響きによる押韻は、日本に生まれるはずのないものだったと思います。

起承転結

Q　先ほどのお話で、「江南春」が絶句の形式によっていることがわかりました。絶句には「起承《きしょう》転結《てんけつ》」という独自の約束ごとがあると聞いたことがあります。先日、先輩から文章の組みたて方について注意をうけたときに「起承転結」を考えながらまとめなさい、といわれたのですが……。音韻とは関係ないかもしれませんが、できれば説明してください。

A　「起承転結」とは句作り、つまり句の構成についていていわれることで、音韻とは直接の関係はありませんがお話しましょう。それは、第一句でうたい「起《お》こし」、第二句でそれを「承《う》け」、第三句で場面を「転《てん》じ」、第四句で全体を「結《むす》ぶ」、というものです。

少しばかり回り道をします。この起承転結のマニュアルを門弟に示したものとして、頼山陽《らいさんよう》（一七八〇～一八三二）の作と伝えられる俗謡があります。山陽は歴史書として多く読まれ、また漢作文のお手本ともされた『日本外史』を著した江戸時代の学者、漢詩人ですが、この俗謡はよく引き合いにだされる例ですので紹介します。

〔起〕　大坂本町《ほんまち》　糸屋の娘
〔承〕　姉が十六　妹は十四
〔転〕　諸国大名　刀で斬るが
〔結〕　糸屋の娘は　目で殺す

というものです。つまり、第一句で、大坂（大阪）本町の糸の問屋に娘がいる、とうたい「起《おこ》」します。第二句で第一句を「承《う》」けて、娘の姉が十六、妹は十四とうたいます。第三句、ここは「転《てん》」句で、場面の内容の転換をしなければなりません。「諸国大名」と、これまでとはまったく無関係なことをもちだします。なお、「刀で斬る」ではなく「弓矢で殺す」とするテキストもあるようです。そして第四句で全体を「結《むす》」びます。大名は刀で殺すが、糸屋の美しい娘は媚《こび》をふくんだ目で男をまいらせてしまう、と結ぶのです。

この起承転結を漢詩でみてみましょう。孟浩然《もうこうねん》の「春暁《しゅんぎょう》」を例にとります。

〔起〕春眠不覚暁(春眠暁《しゅんみんあかつき》を覚《おぼ》えず)

　春は眠い、うとうとしていると

〔承〕処処聞啼鳥(処処啼鳥《しょしょていちょう》を聞《き》く)

　あちらから春がきましたとうたうような鳥の声がきこえてくる

〔転〕夜来風雨声(夜来風雨《やらいふうう》の声《こえ》)

　ああそうだ、夕べは吹きぶりだったなあ

〔結〕花落知多少(花落《はなお》つること知《し》る多少《たしょう》)

　その吹きぶりで、花がどれほど落ちているだろうか

これが代表的とされる構成です。ちなみに、この詩の韻字は「暁」「鳥」「少」です。

では、杜牧の「江南春」を起承転結にも気をくばりながら読み下し(訓読)してみましょう。音は片カナ、訓は平がなで表記します。

　江南《コウナン》の春《はる》

千里《センリ》鶯《うぐいす》啼《な》いて緑《みどり》紅《くれない》に映《エイ》ず

みわたすかぎりの春景色、到る処に鶯は啼き、木々の緑と花の紅が照り映える

水村山郭酒旗《スイソンサンカクシュキ》の風《かぜ》

水辺の村里に、山際のまちに、酒屋ののぼりが風にはためく

南朝四百八十寺《ナンチョウシヒャクハッシンジ》

南朝以来の四百八十と称する寺のむれ

多少《タショウ》の楼台煙雨《ロウダイエンウ》の中《うち》

数知れぬたかどのが茫々とけぶる雨の中にかすんで望まれる

（日本語訳は、村上哲見『三体詩　上』一九六六、朝日新聞社、によりました）

Q　訓読で詩の内容はわかりました。では、この詩を中国語の発音で読むとどうなりますか。

A　それでは、ひとまずこの詩の第一句を二種類の中国語音と、参考のために日本の漢字音（漢音）で表記してみましょう。(3) 上段は、いま中国大陸で用いられているローマ字表記――拼音《ピンイン》といいます――です。中段は復元された唐代の長安音、下段は日本の漢字音です。なお、この長安音はあくまでも一つの仮説です。別の復元音もありえます。詳しくは第3話でお話ししますが、参考のためにひとまず併記しておきます。

千	qiān	tsʻi̯an平	セン
里	lǐ	li̯əi上	リ
鶯	yīng	•ang平	オウ
啼	tí	di̯ai平	テイ
緑	lǜ	li̯ok	リョク
映	yìng	•ïi̯anǵ去	エイ
紅	hóng	ɣung平	コウ

この三つを比べてみてください。だいぶちがうことがおわかりいただけるかと思います。

漢詩と唐代の長安音

Q　仮説だとお断りになったうえで「江南春」の唐代長安音を示されました。いまの言語《ことば》であれば直接耳に聞くことができ、拼音《ピンイン》表記のように、それを書き写すことはできます。でも昔の言語となると、そのころの人が話しているのを私たちは聞くことはできません。それなのに、どうしてわかるのですか。不思議です。

A　おっしゃるとおりです。録音されたテープのようなものが残されていればたいへん助かるのですが、当然のことながら、そのようなものはとても望めません。とどのつまり、古代の言語についての――昔の人びとがどのような音韻を使い分けていたか――は、昔の人が文字に書いて残してくれたものによって知るほかに方法はないのです。文字で書き残したものといってもいろいろあります。詳しいことは第2話でお話しますが、その書かれたもののなかで、古代の音韻を探るのにとても役立つものの一つに〈韻書〉があります。

この韻書という韻引きの字典——「話のまえに」のところで述べたように、もともとは作詩用の参考書として編まれたものです——には〈反切《はんせつ》〉(五四ページ参照)という、古代中国で発明されたユニークな表音法で、韻書におさめられている漢字すべての音が記されているのです。もちろん、古代中国には音韻を直接しめすアルファベットのような表音文字はありませんでした。ですから、反切も漢字で記されています。「えッ、漢字で漢字の音をどうやって記すことができるの?」と疑問をもたれることでしょう。ごもっともです。たしかに反切からただちに漢字の音を知ることはできません。そのためには、反切で示されている音韻——これは漢字という文字のうしろに隠れています——を探りだして、アルファベットに写しかえなければならないのです。アルファベットならなんとか読めそうですね。でも、この写しかえの作業は、実はそう簡単ではありません。そのためには、一定の方法にしたがい、ある手順をふむ必要があります。その方法というのは、〈比較文法〉と呼ばれるものです。

Q 〈比較文法〉とはどのようなものですか。

A 比較文法(comparative grammar/philology)というのは——その具体例は第3話で紹介します——比較言語学(comparative linguistics)という学問の一分野で、今は失われてしまった〝祖語〟——おなじ系統に属するいくつかの言語の祖先にあたると考えられる言語です——を復元し、そこからそれぞれの言語への歴史をたどるものです。

この学問は、一八世紀の末にイギリスのジョーンズ(William Jones)という人が、サンスクリットとギリシア語、ラテン語がとても似ていることに注目し、これにゴート語、ケルト語、古ペルシア語などを加えて、これらの言語はみな一つの源から発したにちがいないと述べたことに始まるといわれます。これは一つの仮定を述べたにすぎませんでしたが、それを実証するために、ヨーロッパに〈比較文法〉という新しい学問が誕生しました。

一九七〇年代になると、〈青年文法学派〉(ライプツィヒ大学を中心とする若手研究者のグループ)といわれる人たちによってインド・ヨーロッパ諸語の研究が進められました。彼らは、インド・ヨーロッパ諸語の現存の文献資料を比較して、それら諸語の基となった祖語を理論的に復元し、それぞれの言語の史的な変遷の過程を推定しようと試みたのです。

のちほど登場してもらいますが、カールグレンという人(八八ページ参照)はこの方法を応用し、現存の資料である中国の方言・文献資料・外国漢字音などを用いて、それらの基となったと推定される、いわば〝祖語〟にあたる『切韻』(六五ページ参照)という韻書に反映している音韻の復元を図ったのでした。

Q　すでに消えてしまった古代音の復元の方法のおおよそはわかりました。でも、唐代の長安(いま陝西省《せんせい》西安市)という地域の音韻がどうしてわかるのですか。

A　それは、いまお話した〈反切〉のおかげなのですが、これは文化史からみてもとても興味ぶかいことですので、本題から少しばかりはずれてしまいますけれども、お話したいと思います。

時は唐代です。隋のあとをうけて華々《はなばな》しく登場した唐朝でしたが、玄宗《げんそう》（七一二〜五六在位）の治世を境にしてしだいに弱体化していきました。その基礎を根源からゆるがしたのが、あの安禄山の乱（七五五）ですが、そののちも党派の争いや宦官《かんがん》勢力の擡頭、周辺諸民族の離反などが原因となって、まっしぐらに衰亡の途を歩んだことは、よく知られた事です。

ちょうどそのころ疏勒《そろく》（kashgar、中国新疆ウイグル自治区タリム盆地北西部の都市）に慧琳《えりん》という人が誕生しました。玄宗の開元二五年（七三六）のことです。のちに大興寺の僧侶となり、憲宗の元和五年（八二〇）に八四歳で亡くなるまでのあいだ、西域出身の僧、不空金剛《ふくうこんごう》（Amoghavajra）の訳経の場にくわわりました。五一歳の時に大蔵経の音義《おんぎ》——音韻と意味の注釈です——を著しはじめ、七四歳の時にそれを完成させたといわれます。

そしておおいに注目すべきことは、慧琳がこの音義——慧琳『一切経音義』、略して『慧琳音義』ともいいます——を著すにあたって参考とした音韻は、そこに寄せられた序文によりますと、都長安の音韻だったと推測されるというのです。とすれば、この音義はとても貴重な資料ということになります。

文献によると、そのころ唐代の長安音を写した韻書があったようです。長安あたりをかつて秦《しん》——

秦の始皇帝の故郷です——と呼んでいたので、それらを〈秦音系韻書〉といいますが、なぜか一冊も残っていません。それは、唐代では長安は世界的な都であったにもかかわらず、その地で用いられていた、いわゆる長安音が公的には主流ではありえなかったからのようです。

Q　お話の途中ですが、都長安の音といえば、いわば標準音ではないですか。それなのに、長安音が公的には主流ではなかったというのはどういうことなのでしょうか。そのころの日本人は唐の文化に傾倒していて、その首都長安の音を標準的な音と考え、それを正音——のちに漢音と呼ばれるようになります——として日本に広めようとしていたのに。

A　そうですね。でも日本とは事情がちがっていたのです。中国の韻書の本格的な歴史は、後ほどお話しするように、陸法言《りくほうげん》という人が編んだ『切韻』(六〇一)にはじまります。この『切韻』は宋代の『広韻』(一〇〇八)にいたるまで韻書の権威としてありつづけました。唐代でもいくつかの韻書が編まれましたが、どれも『切韻』の系統をひくもの——これを〈切韻系韻書〉といいます——でした(六八ページ参照)。

ご存じのように、中国には科挙という高級公務員になるための大がかりな試験がありました。唐代の科挙(六科)のうち、進士科——この科の及第者は高位高官につくことが期待され、多くの人材が集まったといいます——の受験者には作詩が試験科目として課せられたのです。作詩には一定の規則《きまり》がもとめられます。そして彼らにもとめられたのは、二〇〇年もさかのぼる『切韻』がしめす規則にそった押韻だったのです。ですから、『切韻』がしめす規則は高級公務員をめざす受験者にとってはまさに金科玉条で、そこからはずれることは、権力と栄誉を兼ねそなえた高位高官への途《みち》をみずから閉ざすことを意味したのです。

Q なるほど、それを編んだ陸法言は夢にも想わなかったでしょうに、『切韻』は立身出世のための虎の巻になっていたのですね。

A そうですね。実は『切韻』の序文のおわりに「この韻書は門の外に出ぬことを願う」とも解される文面があります。とすれば、陸法言の意にまったくそぐわない事態がおこってしまったということでしょうね。まあ、それはともかくとして、唐代をつうじて『切韻』は権力と栄誉に裏うちされ、詩韻の規範としてありつづけたのです。長安音は公的には主流ではありえなかったのです。

ほかならぬこのような時代に、官僚への野望などいだくことのなかった慧琳という外国生まれの僧侶によって、はじめて『切韻』などにとらわれることもなく、現実の長安音にもとづいた音義書が著されたのです。儒学という土壌で育った唐代の士人たちによっては、けっして編まれることなどありえなかったと思われます。

その意味で、唐代長安音を探る資料となる『慧琳音義』は、文化的にもまことに貴重で意義深いものといえましょう。幸いなことに、音義に記されている〈反切〉を整理してまとめた研究[4]がありますので、これらを材料として唐代長安音のおおよそを知ることができるのです。詳しいことは第3話でお話します。

話が少しそれてしまいましたが、私たちが扱う資料は、それぞれに文化的・社会的な背景があるのです。私たちはそのようなことをも視野に入れ、資料の背景にも気をくばりながら丁寧にあつかうことが必要ではないかと思い、この機会にお話したしだいです。

さてここで、先にあげた唐代の名だたる詩人たちの出生地に目をむけてみてください(三ページ参照)。お気づきですか。そうです、長安生まれは杜牧だけなのです。そして杜牧は二六歳で科挙の進士に合格し、官僚としての一歩をふみだしますが、その少・壮年時代は長安に住んでいたと思われます。物心がつく三〜四歳ごろから思春期をむかえるまでの約一〇年ぐらいが、どの言語でも完全に習得できる時期——言語形成期——だそうです。まさに杜牧は、長安音で詩を作る条件をそなえた詩人といえるのではないでしょうか。

それは科挙でもとめられる窮窟《きゅうくつ》な、アナクロニズムもいいところの詩などではありません。見渡すかぎり美しい江南の春景色を詠いあげた「江南春」には、長安音がより濃く反映しているのではないでしょうか。ほかの詩人たちをさしおいて杜牧を選んだ理由の一つは、ここにもあったのです。

では漢詩の話にもどりましょう。ご質問をどうぞ。

Ⅲ　古代中国語の音韻

古代中国語の声調

Q　その唐代長安音のことですが、先ほど「江南春」の復元音が示されました。ただ、例えば「千」ts‘i̯an^{平}の右肩の〝平〟、「里」li̯əi^{上}の右肩の〝上〟などの意味がわからないのですが……。

A　失礼しました。説明が足りませんでした。これは〈声調〉――意味を区別する働きをもっている高低アクセントの一種です――を示す符号です。平・上・去・入の四種類があり、〈平 声《ひょうしょう》〉〈上 声《じょうしょう》〉〈去声《きょしょう》〉〈入声《にっしょう》〉――四つの声調ですので、これを〈四声《しせい》〉といいます――と呼びならわしています。この声調をひきついでいるのが現代中国語――普通話《プートンホワ》と呼ばれる全国共通語です――の〈四声〉です。

ただし、その内容はまったくちがいますので注意してください。現代中国語の〈四声〉は、①高く平らかな調子、②昇り調子、③降って昇る調子、④降り調子の四種で、この順に〈一声《いっせい》〉〈二声《にせい》〉〈三《さん》声《せい》〉〈四声《よんせい》〉などと呼んでいます。でも古代の平・上・去・入については、それが具体的にどのような調子であったかは、よくわからない点もなお残されているのが実情です。このことについては第3話で改めてお話します。

Q　中国語の声調というものが高低アクセントの一種だということはわかりました。でも、唐詩が作られたころに声調があったということはどうしてわかるのですか。

A　先ほど、中国の韻書の本格的な歴史は隋代の『切韻』にはじまるとお話しました。この『切韻』をみると、全体がまず平声・上声・去声・入声によって大きく分けられています。そのご唐代で編まれた〈切韻系韻書〉でも同じように平・上・去・入の四声によって分けられています。このことから、当時、四つの声調があったことがわかるのです。

Q　「この漢詩は平仄《ひょうそく》が合っていない」などと耳にすることがありますが、これは今うかがった平声などと関係があるのでしょうか。そもそも平仄とは何なのですか。

A　日本語で〝話のつじつまが合わない〟ことを〝平仄が合わない〟といいますね。それは漢詩の作詩上の規則《きまり》からきた言い方なのです。平仄の平は、おっしゃるとおり〈平声《ひょうしょう》〉のことです。そして〈平声〉以外の〈上・去・入声〉を一まとめにして〈仄声《そくせい》〉というのです。そして平声の字を〈平字《ひょうじ》〉、仄声の字を〈仄字《そくじ》〉といいます。

ところで、その平声というのは、はっきりとはわかりませんが、どうも平らな、なだらかな調子であったらしいとの推測があります。仄声の仄は側《そく》、つまり〝かたむいた〟という意味ですが、上・去・入の三声がどうして一まとめにされたのか、理由はよくわかりません。一説によると、唐の初め、あるいはそれ以前には、平声はやや長く、上・去声は比較的短く、入声はもっと短く発音されたからだといいますが、そうではないという人もいて、よくわからないのです。

唐よりのちの近体詩には句数だけではなく、音声面での厳しい規則——声律《せいりつ》といいます——があります。平仄を合わせることがそれです。平仄の規則《きまり》による制約は、六朝時代より前の、いわゆる古体詩(古詩)にはありません。平仄は古体詩と近体詩を分ける決め手になっています。平仄については改めてお話しします(二六ページ参照)。

Q 古代中国語に平・上・去・入という四つの声調(四声)があったこと、そしてそれらを平と仄に分けることはわかりました。では、その四声という特徴が中国語にあることに最初に気づいた人は誰ですか。私は中国語を勉強していて、現代中国語に声調が四つあることは知っています。でもそれは、先生から「中国語には声調が四つある」と教わったからです。もしその知識がなく、中国語を聞かされて「さあ、意味を区別する働きをしている高低アクセントはいくつある?」と質問されたらお手あげです。よほど言語《ことば》にたいして鋭い感覚の持ち主でなければ、分析などとてもできないと思うのですが……。

A いやぁ、難しいご質問ですね。漢字を創《つく》った人はだれ? ときかれたら、一応、眼が四つあり黄帝の史官であった蒼頡《そうけつ》という人物をあげ、でもこれはあくまでも伝説ですけれど……と一言《ひとこと》つけくわえてお茶をにごすこともできるのでしょうが、残念ながら、声調についてはそのような伝説もありませんし、わからないとお答えするほかありません。

ただ、その特徴に中国人が気づいたのは五世紀ごろのことだということは、文献にもとづいて言えそうです。

声調は大昔から、といっても殷・周の時代についてはなんともいえませんが、中国語にそなわってい る特徴だと考えられています。けれども南北朝時代(四三九〜五八九)ごろまでは、それを体系的に自覚することはなかったようです。南朝の宋(四二〇〜七九)のおわりごろになって音韻の探求がすすみ、音韻にたいする感覚がしだいに研《と》ぎ澄《す》まされていき、精密になってきました。そしてそのころの中国語に四種類の声調、つまり四声のあることが理解されるようになり、四声についての論議――〈四声論〉――が成立したのです。

隋の劉善経《りゅうぜんけい》という人の『四声指帰』の記事によると、四声の説は、はじめ周顒《しゅうぎょう》(?〜四八五)が唱《とな》え、梁の文人で『晋書』や『宋書』の著者としても知られる沈約《しんやく》(四四一〜五一三)がそれを受けついで『四声譜』を著わし、四声論を確立させたといいます。四声という呼び名をきめたのも沈約たちだといわれています。

そのころ、詩――当時は五言詩《ごごんし》が中心でした――の理論についての討論が沈約たちによって熱心におこなわれたのです。そして、詩の一句のなかの四声の並べかたで、音声的にたがいに融け合わない感じが生じてしまうことに気づきました。これをマニュアル化したのが〝四声八病《しせいはっぺい》〟――五言詩のなかで四声の並べかたについての八種類のタブーで、沈約たちが名づけたそうです――と呼ばれる説で、これがのちに平仄の法則として定着したのです。

Q　沈約は鋭い言語感覚をもつ音声学者でもあったようですね。四声を体系的に認識したというのはすごいと思います。でも一般の人びとにとって、四声などまったく縁のないものだったのでしょうね。

A　四声を理解していたのはほんの一握りの知識人《インテリ》だけであって、一般には、四声などというものはまったく理解されなかったようです。そのことを物語るエピソードがあります。これは南朝・梁の初代の皇帝だった武帝(四六四〜五四九)のお話です。梁の武帝といえば、心が広くて情け深く、仏教を厚く信仰した名君として知られていますが、また第一級の文人でした。学術の発展につとめ、南朝文化の黄金時代を築きあげた人でもあります。それほどの武帝が四声をどうも理解していなかったらしいというのです。劉善経の「四声論」にみえるお話です。歴史書の『梁書』「沈約伝」にも同じような話がのっています。

私は江南の地で、梁の武帝は四声を知らなかったという話をたびたび耳にしたことがあります。

あるとき、武帝は将軍の朱异《しゅい》に「何を四声というのか」とお尋ねになりました。朱异は答えていいました。「〝天子万福〟、これが四声でございます」。それを聞いて武帝はおもむろにおっしゃいました。「〝天子寿考〟では四声にならぬのか」と。

朱异が示した〝天子万福〟は、上から順に平・上・去・入声の字で、四声を見事に言いあらわしています。これに対して武帝の〝天子寿考〟の〝寿〟は上声と去声の字ですからともかくとして、入声字が置かれるはずの末尾に上声字の〝考〟を配した武帝は、なお四声がわかっていなかったと思わざるをえません。音の調子などに気をくばることなく、ただ四字を並べればよいぐらいに思っていたのではないでしょうか。

また、四声など無視しようとした人もいたようです。沈約や武帝とおなじ梁時代の文人で鍾嶸《しょうこう》（四六八〜五一九）という人がいました。『詩《し》品《ひん》』という書物を著して、漢から梁までの五言詩の詩人一二三名について上中下に格《ランク》づけし、論評をしています。それほどの彼が「文学作品は口調が整っていればそれで十分、平上去入などというものは私にはどうにもわからない」といって耳を貸そうとしなかったそうです。

これらのエピソードからもおわかりのように、四声が市民権を手にいれるのは、かなりの年月が必要でした。沈約の時代から一〇〇年以上もすぎ、南北朝のおわりをむかえるころになって、やっと自分たちの言葉に四つの声調のあることが理解され、その知識が広くゆきわたるようになりました。そこではじめて、平・上・去・入という四声で区分けされた韻書という作詩用の参考書が編まれるようになったのです。

中国語の音韻の研究史をふりかえってみると、四声という特徴をはじめて論じた沈約は忘れてはならない存在だと思います。ところで、これはまったくの余談ですが、その沈約にまつわる成語で〝沈《しん》腰《よう》〟というのをご存じでしょうか。〝沈〟は沈約の沈です。これは沈約が病気にかかって痩せおとろえ、革帯《ベルト》の穴を移した、という故事に由来しています。病気のため腰まわりが細くなり、衰弱のひどいことの譬えです。「虎は死して皮を残す」といいますが、沈約の名は四声論のパイオニアとして成語のなかに残ったのでした。

〈平仄〉をめぐって

Q　では、沈約に始まるという〝平仄を合わせる〟ための約束ごとを教えてください。

A　その約束ごと――むずかしい言いかたをすれば法則ですが――にはいろいろあります。それらは複雑すぎてこの場ですべてについてお話することはできません。こまかいことは専門書におまかせすることにして、ここではもっとも基本的な法則を四つにかぎって紹介します。

○　第一の法則　五言《ごごん》詩の場合は「二四不同《ふどう》」、七言《しちごん》詩の場合は「二四不同《ふどう》、二六対《つい》」と呼ばれる法則です。各句の二字目と四字目の平仄を逆にし、二字目と六字目は同じにする、というものです。絶句を例にとって示してみましょう（図2・3）。平字を○、仄字を●であらわします。空白欄は平仄どちらも可です。

第二句は第一句と逆――平仄が左右対称となります――、第三句は第二句と同じ、第四句は第三句と逆になります。

○ 第二の法則「下三連《しもさんれん》を避ける」です。各句の下三字が○○○とか●●●と並んではいけないのです。

ここでエピソードを一つ。ご存じの文豪夏目漱石（一八六七～一九一六）が明治三九年（一九〇六）に発表した小説『草枕』に、主人公の青年画家が「観海寺の石段を登りながら仰数春星一二三と云ふ句

				1
●	○	○	●	2
				3
○	●	●	○	4
				5

図2　五言絶句

				1
○	●	●	○	2
				3
●	○	○	●	4
				5
○	●	●	○	6
				7

図3　七言絶句

を得た」という一節があります。「仰《あお》いで数《かぞ》う春星《しゅんせい》一二三《いちにいさん》」と読み下すのでしょう。この句の平仄を確かめてみますと、「仰」「数」は仄字、「春」「星」は平字、「一」「二」は仄字、「三」は平字で、●●○○●●○となっているのです。つまり、「二四不同、二六対」になっていて、しかも「下三連」も避けています。漱石は明治一二年(一八七九)に東京府立第一中学校(いま、都立日比谷高校)に入学しましたが、二年後の明治一四年(一八八一)、実母の千枝が亡くなった四月に第一中学校を中退し、三《み》島中洲《しまちゅうしゅう》が開いた漢学塾の二松學舎《にしょうがくしゃ》(いまの二松學舎大学)で漢詩文を集中的に学び、素養をつみました。その一端がここに現れているのでしょう。

○　第三の法則　「孤平《こひょう》」、つまり●○●のように、平が仄でかこまれることを避けます。とりわけ、五言詩の第二字目、七言詩の第四字目でその禁を犯すことをきらいます。ちなみに、今あげた漱石の句はみごとにこの第三の法則も守っています。

○　第四の法則　「偶数(二・四)句末——脚韻《きゃくいん》——の字は平にし、奇数(一・三)句末——韻を踏まない——の字は仄とします。なお、七言絶句の場合は一・二・四の句末字が韻字となることがあります。杜牧の「江南春」はその一例です。

以上が主な法則のあらましです。

Q　私は中国語を勉強しています。漢詩にとても興味があるのですが、平仄のちがいは現代中国語音で見分けることはできないでしょうか。

A　現代中国語を知っていることは平仄を見分けるのにとても有利です。でも、それだけでは、残念ながら、その字が平字か仄字かの見分けがつかないことがあります。でも、がっかりすることはありません。皆さんおなじみの日本の漢字音がその足りないところを補ってくれます。ある漢字が平か仄かを言いあてるのには、二つの条件、つまり、

その一、現代中国語音を知っていること

その二、日本漢字音を知っていること

この二つがそろえば鬼《おに》に金棒《かなぼう》です。平仄を言いあてることができます。でも現代中国語音はともかくとして、なぜ日本の漢字音が平仄と関係するのか疑問におもわれるかもしれませんので、少しばかり詳しくお話しましょう。

改めてお話するまでもなく、私たちが日ごろ接している漢字がまとっている音の出どころは中国大陸です。そして驚いたことに、その中国に由来する日本の漢字音には、現代の中国語ではとっくに消えてなくなってしまった古い中国音の一部が残されているのです。具体的に言いますと、古代の中国語には英語の lip・it・book のような、語のおわりが -p -t -k のつまった発音――これが〈入声《にっしょう》〉といわれるものです――があったのです。ところが元朝（一二七一～一三六八）のころまでに、と推測されますが、北方の中国語でこれらの音が消えてしまいました。ですから皆さんが勉強する中国語（普通話《プートンホワ》）に

はないのです。

Q　その、中国ではとっくの昔に姿を消してしまった-p -t -kという音の名残りが、日本の漢字音に今もみられるということですか。

A　はい、そうなのです。例えば、十《シフ(ジフ)》・発《ハツ》・八《ハチ》・六《ロク》・石《セキ》などの音は――表記するときは〝歴史的仮名づかい〟によらなければなりませんが――フ・ツ・チ・ク・キのどれかでおわっていますね。それが、中国では一部の地域をのぞいて、失われてしまった-p -t -kの名残りなのです。まえにもお話したように、中国語の音節には〝子音＋母音＋子音〟という構造――〈閉音節〉――のものがあります。ところが漢字をとりいれたころの日本語の音節は、〝子音＋母音〟という母音でおわる〈開音節〉しかありませんでした。ですから、-p -t -kでおわる中国音を日本語に移しかえるには何らかの工夫をしなければならなかったのです。そして古代の人びとは一つの方法を考えだしました。それは中国語の閉音節のおしまいの子音を切りはなし、それに支えの母音のiあるいはuをそえて〝子音＋母音――子音＋母音〟と二音節にすることでした。つまり、

十 źi̯əp は si-pu (zi-pu)　発 pi̯wɐt は ha-tu　八 pɑt は ha-ti　六 li̯uk は ro-ku　石 źi̯äk は se-ki

と写したのでした。語尾のつまった古代中国音-p -t -kと日本の漢字音を対照させると

-p→-フ、　-t→-ツ・-チ、　-k→-ク・-キ

となります。

このような形に姿をかえた古代中国語音の -p -t -k は日本の漢字音のなかに残ったのです。そしてフ・ツ・チ・ク・キでおわる〈入声〉字は、上声・去声とともに仄字ということになります。これで日本の漢字音が漢字の平仄を見分ける一つのよりどころになることが、おわかりいただけたかと思います。

Q　では次に、現代中国語音と平仄との関係について説明してください。

A　現代中国語音には、すでにお話したように、四種類の昇り降りの調子、すなわち〈四声《しせい》〉があります。それらの四声は、中国語の音節をローマ字(拼音《ピンイン》)で表記する場合は、ˉ ˊ ˇ ˋ、という符号――上から順に、一声・二声・三声・四声《よんせい》と呼んでいます――を主母音の上に記してその別を示します。例えば、mā(媽)・má(麻)・mǎ(馬)・mà(罵)のようにです。これらのうち、原則として、一声と二声が〈平〉、三声と四声が〈仄〉ということになります。これで一応の判断ができます。でも、これはあくまでも原則であることを忘れないでください。というのも、古代の中国語で入声字、つまり仄字であったのに、現代中国語によれば平字と判断されてしまうものもあるからです。例えば、先ほど -t でおわる入声字の例としてあげた「八」は現代中国語音では bā のように一声なのです。つまり、本来、仄であるはずなのに現代の中国語音によると平になってしまうのです。徳 dé、拂 fú のように、もと入声、

いま二声というのもあります。ですから、平仄を見分けるときは、まず日本漢字音でフ・ツ・チ・ク・キでおわる入声字をチェックし、それから現代音で判断したほうがよろしいかと思います。

音韻は変化する

Q 入声の問題にもどります。お尋ねしたいことが二つあります。古代中国語にあった入声は北方の中国語で元朝のころまでに消えてしまったとのことですが、では、それらの入声字はどうなってしまったのでしょうか。それと、現代中国語音の一声と二声が古代の平で、三声と四声が古代の仄だとのお話でしたが、それはどうしてわかるのですか。

A かなり専門的なご質問ですね。少しばかり回り道になりますが、ご質問にお答えするためには、一つの韻書のお話をしなければなりません。なぜなら、今のご質問の答はこの韻書のなかにあるからです。

その韻書は『中原音韻《ちゅうげんおんいん》』といいます(図4)。南宋を滅ぼして大帝国を築いたモンゴル族の元朝のとき、泰定元年(一三二四)に周徳清《しゅうとくせい》(一二七七〜一三六五)という人が白話(話しことば)で書かれた元曲——元代の雑劇——の押韻のために編んだものです。この『中原音韻』には、中国語の音韻の歴史を探るうえでとても重要な情報が二つ記されています。

その第一は、入声が失われていて、〈切韻系韻書〉(六八ページ参照)で入声としてまとめられていた

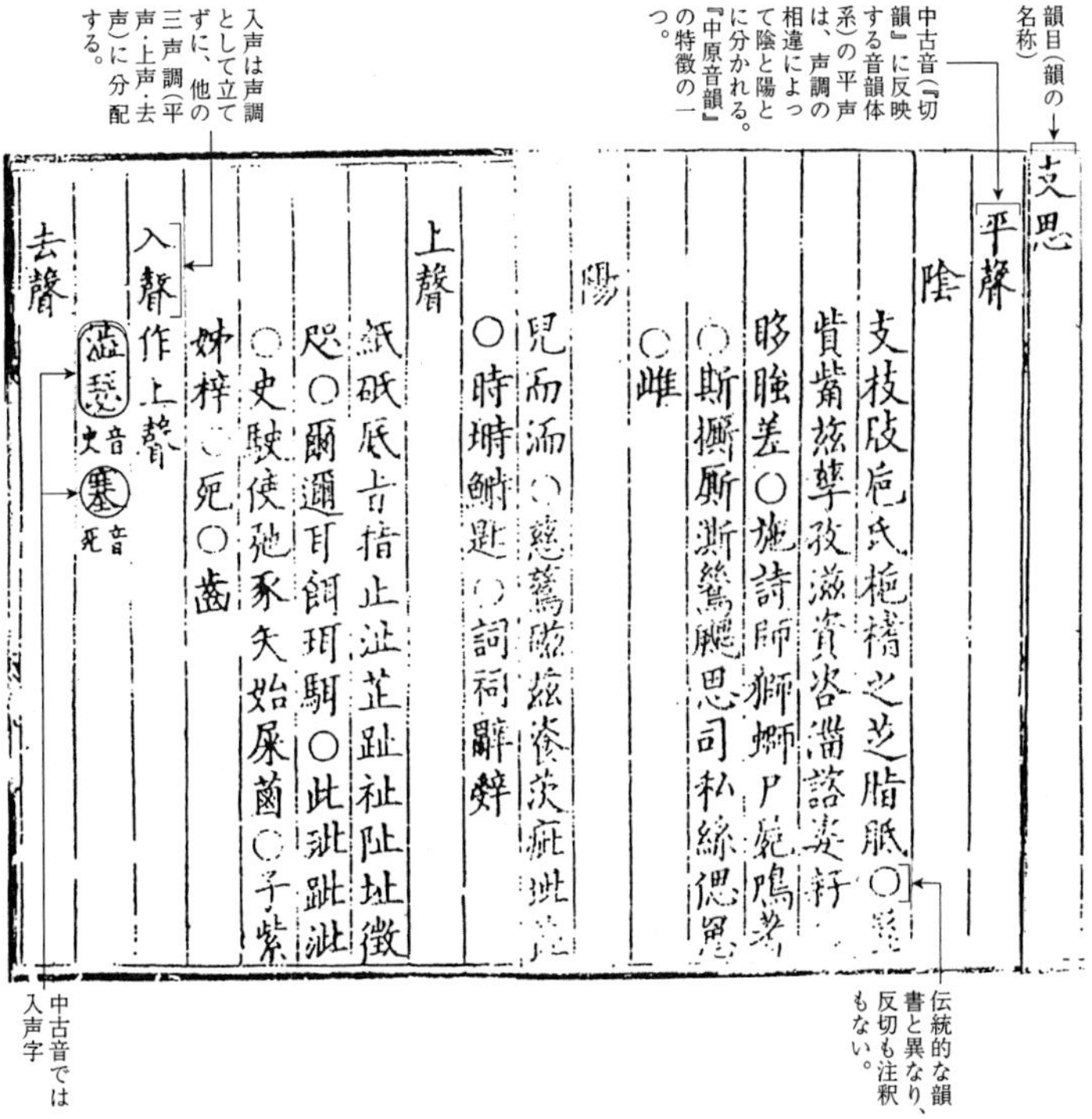

図4 『中原音韻』第一部の冒頭部分

字は、平・上・去声のどれかに移しかえられていること。

その第二は、〈切韻系韻書〉の平声が〈陰〉と〈陽〉とに分裂し、一つにまとめられていた平声が〈陰平《いんぺい》〉と〈陽平《ようへい》〉との二つになったこと、です。

以上の二点が語っていること、それは、音韻が変化したために、それまでの〈平・上・去・入〉という体系が〈陰平・陽平・上・去〉の体系に変ったということです。そして、少しばかり乱暴な言いかたをすれば、その〈陰平〉が現代中国語音の一声、〈陽平〉が二声、〈上〉が三声、〈去〉が四声《よんせい》の出発点となっていると理解されるのです。そのようなわけで、現代中国語音の一声と二声が古代の〈平〉、三声と四声が〈仄〉ということがわかるのです。今の説明を図にすると右のようになります(図5)。

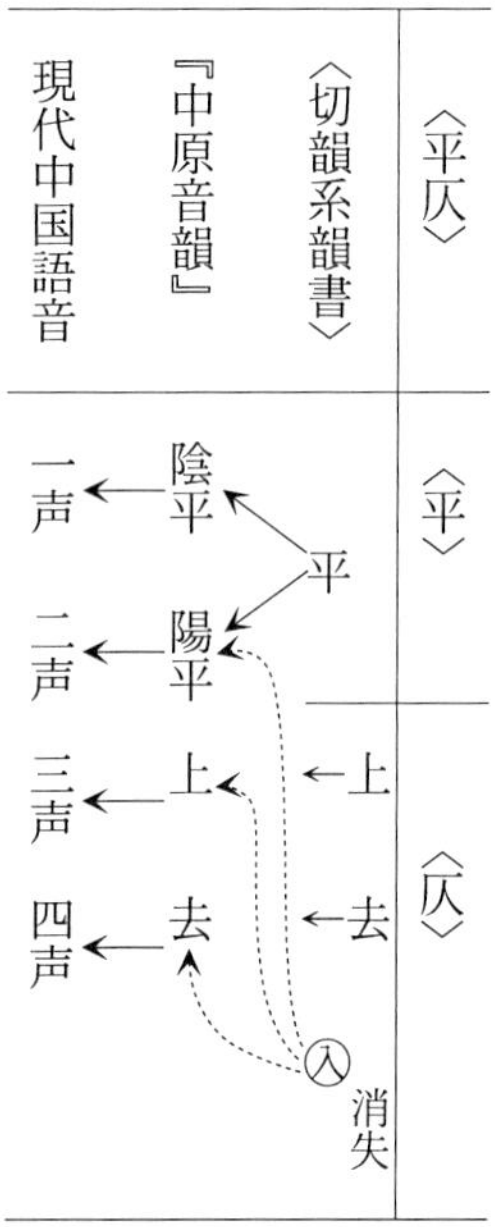

図5

Q　音韻が時間の移りかわりといっしょに変化していくということがわかりました。でも、その変化は、どのようにして起ったのでしょうか。音韻の変化には、なにか一定の条件のようなものがあるのでしょうか。

A　これもずいぶん専門的なご質問ですね。音韻の変化がなぜ起るのか、その原因を明らかにすることはとても難しいのです。ただ、今お話した、平声が〈陰〉と〈陽〉に分かれるにあたっての条件、それと、入声が消えて平・上・去の三声のどれかに移るにあたっての条件、については一応の説明はできますので、ちょっとややこしいかもしれませんが、お話しましょう。結論から言いますと、それは両方とも、音節のはじめの音――〈声母《せいぼ》〉といいます（一六七ページ、注2参照）――が無声か有声かのちがいが変化の方向をきめる要因となっていたのです。

まず、古代中国語の平声が、元朝のころに〈陰〉と〈陽〉の二つに分かれたことについて説明します。それは、唐代におこったと思われるのですが、古代北方中国語のbdgなど有声音の声母がptkなどの無声音に変化――有声音の〈無声化〉といいます――しました。この変化が平声を〈陰〉と〈陽〉とに分けさせる原因となったのです。いま、たくさんある声母のうち、pbなど唇を使って発音する音――〈唇音《しんおん》〉といいます（八四ページ参照）――を例として説明します。古代中国語には、pのほかに現代の中国語（普通話）にはない有声音bもありました。つまり現在ではみられないpとbの対立があったのです。ところがbがpに変化（無声化）したので、その対立は消えてしまいました。そしてその代償として一つの出来事を引きおこしたのです。それが声調の変化です。もともとのpをp^1、bから変化したpをp^2と仮にしましょう。図6でおわかりのように、p^1は〈陰平〉となり、p^2は〈陽平〉となったのです。d、gなどほかの有声音も同じ変化をおこしました。

	平声	
古代中国語	p	b
唐代ごろ	p^1	p^2（無声化）
『中原音韻』	陰平	陽平

図6

Q 有声音の無声化がどうして声調の変化をひきおこした

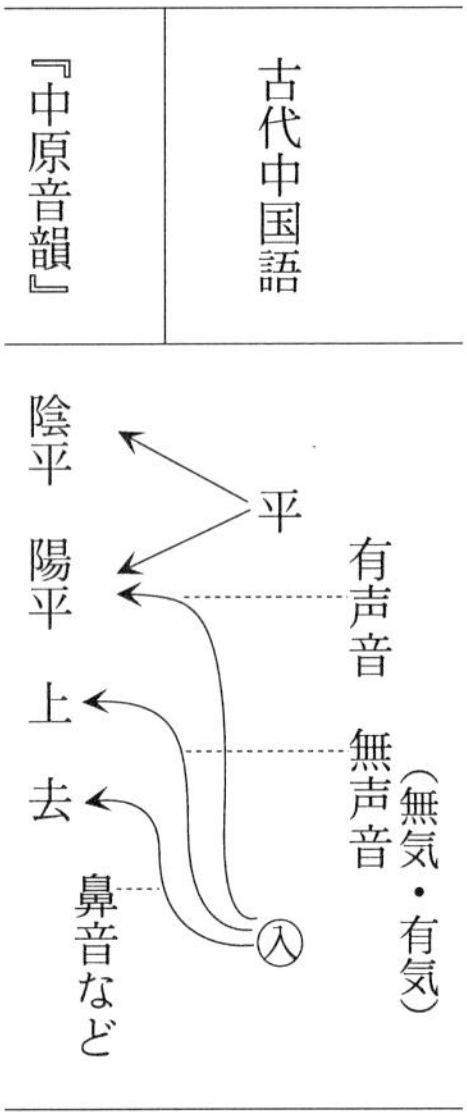

図7

のでしょうか。

A　音韻のちがいは意味を区別する働きをしています。現代日本語のkaとgaとを比べてみればすぐにわかります。k-の語は「蚊《か》」ですが、g-の語は「蛾《が》」で、無声：有声は、このように日本語で意味を区別する働きを荷っているのです。古代中国語でもp-とb-、つまり無声：有声が言葉の意味を区別する働きをしていたのに、その対立が失われてしまいました。意味をはっきりと区別することは、コミュニケーションを円滑にすすめるのにとても大切です。そこで、その意味を区別する働きを声調のちがいに移しかえたと理解されます。

Q　入声が消えて、ほかの平・上・去の三声に分配されたことについてお話ください。

A　入声の場合も、声母の性格のちがいが平・上・去への分配を左右したのです。ここでの変化の条件は大きく三つに分かれます。図7を見ながら説明をお聞きください。

ここでも〈唇音〉を例にしますと、

（一）　古代中国語のp-（無声の無気音、拼音《ピンイン》の表記はb）とp‘-（無声の有気音、拼音《ピンイン》の表記はp）の入声字は

『中原音韻』の〈上声〉に
(二) 古代中国語のb-(有声音)の入声字は『中原音韻』の〈陽平声〉に
(三) 古代中国語のm-(鼻音、拼音《ピンイン》の表記はm)の入声字は『中原音韻』の〈去声〉に、それぞれ分配されるのが原則です。〈唇音〉以外の、例えば、t- d- n-(舌音)、k- g- ng-(牙音)なども同じです。t- t'-の入声字は去声に、d-の入声字は陽平声に、n-の入声字は去声に、のようにです。

Q ついでにもう一つお尋ねします。ご説明によると、古代中国語の平声が二つに分かれ、もと古代中国語のp-、つまりp1-は陰平(いま一声)に、もと古代中国語のb-が無声化したp2-は陽平(いま二声)になったということですが、それはどうしてでしょうか、偶然ですか。

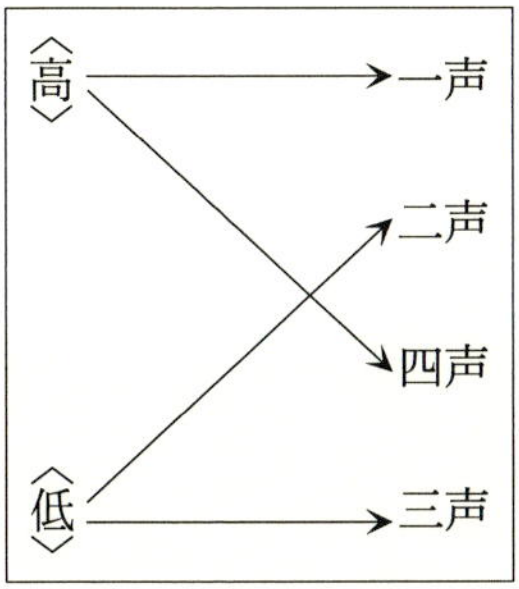

図8

A 有声音というのは、無声音より生理的に低い調子をとる傾向があるそうです。それが原因のようです。現代中国語には四つの声調がありますが、特徴としては図8のように〈高〉と〈低〉の二つにまとめられます。

一声と四声が〈高〉、二声と三声が〈低〉です。有声音のb-がp-に変化、つまり無声化したとき、もと平声が〈陰〉と〈陽〉に分かれ、もと有声音は低い調子の〈陽〉にごく自然に姿を変えたと考えられます。ついでにお話しますと、このような現象がみられるのは中国語だけではありません。中国語と同じように声調のあるチベット語――〈高〉と〈低〉の声調をもっています――も、有声音が無声化したとき、有声音は低い声調にしたがいました。ほかにご質問はありますか。

「十《シフ》」をシンと読む

Q 先ほどのお話にもどってしまうのですが、入声の説明のところで、「十」は入声字で「シフ」または「ジフ」と表記されるとうかがいました。でも、杜牧「江南春」の第三句の訓読では「四百八《シヒャクハッ》十寺《シンジ》」のように「十」字を〝シン〟と読んで〝シフ〟と読み下していませんが、どうしてでしょうか。なにか特別の理由があるのでしょうか。

A こまかい点にお気づきになりましたね。確かに、だいぶ前に出された訳注書には「八十寺《ジフ》」と訓読したものもありますが、これはごく稀で、「八十《シン》寺」と読みならわすのが一般的です。それは、南宋の半ば以後のことらしいのですが、蔡啓《さいけい》という人が『蔡寛夫詩話』という本の中で、「十」は本来入声の字であるが、この場合は平声に読むべきだ、と言っているのだそうです。

作詩法の規則《ルール》にしたがうならば、「南朝四百八十寺」の「十」のところは平声の字が置かれなければならないのに入声字になっています。これは規則を破ること、つまり破格《はかく》です。このようなことから蔡啓は、この場合の「十」は平声に読むべきだと説いたのでしょう。この主張にしたがった読み方が「八十寺《シン》」なのです。

一言つけくわえます。入声シフ（またはジフ）に対応する平声の音はシム（またはジム）です。ですから本来は「八十寺《シム》」でなければなりませんが、日本では早くからム音がン音に変化しましたので、その結果「八十寺《シン》」となったというわけです。

Q　そういうことだったのですか。天《あま》の邪鬼《じゃく》のようで恐縮ですが、「江南春」を詠んだとき、杜牧は破格などまったく気にしないで、「十」を入声の字として用いたとは考えられませんか。のちの人が詩の規則をもちだして、「十」は平声で読むべきとするのはいかがなものかとも思うのですが。

A　おっしゃることにも一理あると思います。実は、中国文学・語学者の小川環樹さん（一九一〇〜九三）は、おおよそ「唐代の名家の作にも、平仄の規格どおりでない句もふくむ、つまり破格の詩は少なくないのであって、それらの字を一いち読みかえなくてもよい。押韻の不規則なものは、脚韻以外ではあまりこだわる必要がない。杜牧の詩の「八十寺」をハッシンジと読んだりするには及ばない」という考えを述べています。でも今のところ、このように考える人は少数派ではないでしょうか。
小川さんは「十」がシムと読まれることに、長いあいだ疑問をもちつづけていたそうです。ところが、一九五八年にロンドン大学の雑誌に発表されたサイモン氏の論文を読んで、それまでの疑問が解けたそうです。その論文は、チベット文字で漢文の音を写した、敦煌《トンコウ》から出土したテキストについてのものでした。その論文に引用された資料の一つに〝二二が四、二三が六〟という、あの「九九の表」があります。

そして小川さんの目をとくにひいたのは、「十」はśib（ローマ字に転写してあります。以下、同じです）と写されることが多いのに、「五」と「二」の前にある場合にかぎり、śim と音写されていることでした。「十五」は śim-ḥgu、「十二」は śim-źi と写されているのです。小川さんは「五」と「二」の古代中国語――サイモン氏があつかった資料は九世紀前後の写本だろうということです――を検証し、それらの声母は鼻音的要素をもっていたと推測します。そして「十」の末尾の子音は-bであったが、次に鼻音がつづくときにかぎって、その鼻音の影響をうけて-bが-mになったと推論したのです。小川さんはこれを「後続鼻音による同化《どうか》(assimilation)によって起ったもの」と結論づけています。(5)

ちなみに、同化というのは、言語の連なっている音が、隣りの、あるいはすぐ前、あるいはすぐ後ろの音に影響されて、その音に似た音に変わることをいいます。

小川さんはまた、敦煌文書の、とくにチベット文字の記入のあるものは西北地方でつくられたはずであるから、この資料は唐代西北方言のものであり、この音の変化は唐の都長安にはじまったものであろうともいっています。とすれば、長安生まれで長安育ちの杜牧も「八十寺」の「十」を-pではなく-mで発音しながら作詩していたのかな、とも想像されますが確かではありません。

Q　「十」の読みに関連して、もう一つ質問があります。それは「ン」音のことです。先ほど、日本語の音節は母音でおわる〈開音節〉だとのお話がありましたが、「ン」音は子音ではないでしょうか。とすれば、「シン」は子音でおわる〈閉音節〉の形になっていると思うのですが。

A　なるほど、おっしゃるとおりです。これも説明不足でした。古代中国の漢字の音節のおわり、つまり語尾にあらわれる音韻には、先ほどお話した入声音の-p -t -kのほかにも-m -n -ngのような鼻音がありました。そしてこれらの音は漢字の正しい読みかたとして日本に伝えられ、正しい漢文を学ぶ者はそれらの音を発音していたと思われます。でもそれは、あくまでも外国語の音としてです。本来の日本語はそのような語尾の音をもたない、つまり〈開音節〉の構造をもつ言語でした。やがて中国から輸入された漢語が日本語のなかで多く用いられるようになり、平安期ごろから、語尾の発音がしだいに日本語のなかにはいり、そのため「ン」音が日本語の音にくわわったのです。

発音も少しずつ変化します。-mは院政時代から鎌倉時代になると、しだいに「ン」音との区別がなくなって「ン」音となりました。「三」「点」などの語尾-mが「賛」「天」などの語尾-nと同じ-nとなったのです。また-ngは「ウ」または「イ」の音となりました。「上《ジョウ》」「東《トウ》」などの語尾ウはもと-ng、「平《ヘイ》」「青《セイ》」などの語尾イは、もと-nǵです（詳しくは一七二ページ、注35を参看してください）。入声の語尾については先ほどお話したとおりです。

ほかにご質問がなければ、これで第1話をおわります。

第2話

古代中国の音韻学

——韻書と韻図をめぐって

I　中国の言語研究

では第2話にはいります。第2話では「話のまえに」でもお伝えしたように、主に、中国の古代音を探る拠りどころとなる基本的な資料――〈韻書〉と〈韻図〉です――を中心にお話をすすめたいと思います。韻書と韻図がどのようなものかを理解することは、中国古代音を復元するうえで欠かすことはできません。

本題に入る前に、中国独自の言語研究――〈訓詁学〉〈文字学〉〈音韻学〉の三つです――がいつの時代に、どのような文化背景のもとに生まれたかを概観しておきます。それは、本書が皆様を誘う〈音韻学〉というものが、中国の言語研究のなかでどのような位置を占めているかを知っておくのも必要かと思うからです。

独自の言語研究

中国でおこなわれた言語研究には、ギリシアやインドと肩を並べるほどの長い歴史があります。それは今から二〇〇〇年あまりもさかのぼる周・秦時代にはじまり、さまざまな展開をつづけながら独自の言語研究を実らせてきました。でも、ギリシアとインドでの言語研究と中国のそれとでは、とても大きなちがいがありました。

古代ギリシアでは、まず言語についての哲学的・論理的な考察にはじまりました。やがて文法学の研究へとすすみ、古典の文献的研究も発達しました。一方インドでは、たいへん精密な文法学と音声学の発達をみました。ところが中国では、二〇世紀を迎えるまでは文法などというものはまったく関心の対象とされることはありませんでした。対象はもっぱら漢字でした。その漢字を構成している形〈文字学〉・音〈音韻学〉・義〈訓詁学〉が研究の対象とされたのです。そして多くの成果を実らせ、漢字の国ならではの中国独自の伝統が築きあげられたのでした。

その中国でも、春秋・戦国時代を生きぬいた孔子や孟子、そして荀子や墨子たちによって、名前と物や事がらとの関係など、言語《ことば》にかかわる抽象的な論議がおこなわれたこともありました。でもそれは、あくまでもそのときだけで、のちの世に引きつがれることはついにありませんでした。両漢時代(紀元前二世紀～三世紀初頭)になると漢字に関心が集中し、ひたすら漢字についての研究がされるようになったのです。それは、儒教を国教とした漢代では、四書《ししょ》や五経《ごきょう》などの経書《けいしょ》を整理し、正しく解釈することが厳しくもとめられるようになり、その結果、漢字が学問の中心となったことによるのでしょう。中国での言語研究、それは二〇世紀を迎えるまでは漢字の研究にほかならなかったのです。

中国の言語研究——漢字の形・音・義(意味)の研究——の三分野は、その誕生の順からいえば、〈訓詁学〉がもっとも早く、ついで〈文字学〉、最後に〈音韻学〉となります。

訓詁学と文字学

言語は時間の流れといっしょに変化していきます。漢字(語)の意味内容も同じで、古い書物などの語句も時代がすぎるのにしたがって理解されにくくなってきます。そこで当代の言葉での解釈がもとめられるようになります。中国では紀元前四、三世紀ごろから古代の文献の注釈がおこなわれるようになりました。それはのちに〈訓詁《くんこ》〉と呼ばれる方法によるものでした。この訓詁は経典を尊んだ漢代になって〈訓詁学〉として実ったのです。後漢になると訓詁学はとても盛んとなり、両漢学術(経学)の大成者として有名な鄭玄《じょうげん》たちが登場します。

それは後漢の和帝永元一二年(一〇〇)のことです。中国の〈文字学〉の歴史のうえで、不滅の金字塔とも聖典ともいわれるほどの字書が誕生しました。許慎《きょしん》の『説文解字《せつもんかいじ》』(略して『説文《せつもん》』)です。後漢で用いられていた漢字は、いわゆる〈隷書《れいしょ》〉でした。秦の始皇帝は天下を統一すると、戦国時代に諸国で用いられていた漢字の使用を禁止し、新しく造った〈小篆《しょうてん》〉を公式の漢字としました。しかし小篆は曲線が多く、役所などで使うにはとても不便で実用には向いていませんでした。そこで直線を基本とした隷書が実用的な文字として広く用いられるようになり、漢代では標準書体となったのです。

漢代という時代は、ご存じのように前漢と後漢とに分かれます。その前漢時代は、漢字をとりまく環境はまだ悪くありませんでした。一七歳以上のものに漢字の試験をおこない、合格すると地方の役所の書記官や中央官庁の課長補佐などに採用されたのです。

ところが許慎が生きた後漢になるとこのような試験は廃止され、漢字の学習もおろそかになってしまったようです。そのため書体は乱れ、隷書の字形による誤った解釈もおこなわれるようになりました。許慎はこのような風潮を嘆き、漢字の研究をはじめたのでした。許慎は、今日、人偏《にんべん》とか草冠《くさかんむり》などでおなじみの〈部首《ぶしゅ》法〉を考えだし、九三〇〇あまりの漢字を分類して並べ、〈六書《りくしょ》〉で漢字の構造を解きあかそうとしました。中国固有の〈文字学〉はここから始まったのです。

音韻学

すこしばかり回り道をしてしまいました。本題の〈音韻学〉に話題をかえます。

『三国志』でおなじみの魏の建国(二二〇)から南北朝時代へ、そして隋王朝が登場し滅亡(六一八)するまでの四〇〇年は、まことに激動の時代でした。その一方で、中国の言語研究の基礎の一角が築かれた時代でもあったのです。仏教が伝わり、それとともに、中国の言語研究に大きな影響をあたえることになるインドの悉曇《しったん》学――古代インドの文字の発音などに関する学問です――が導入されました。

国内では駢儷文《べんれいぶん》――四字六字の対句をならべ、とくに音調を重んじた文体です――や韻文が発達し、文学批評も盛んとなりました。
このような状況を背景に、新しく生まれた〈反切《はんせつ》〉という表音法(五四ページ参照)が広くゆきわたり、それまではほとんど意識されなかった〈四声《しせい》〉というもの(五八ページ参照)の理解が深まるようになって〈韻書〉が生まれ、〈訓詁学〉〈文字学〉につぐ新しい学問の領域としての〈音韻学〉の基礎がおかれたのでした。ここで質問がありましたら、どうぞ。

II 〈反切〉のはなし――中国で生まれた表音法――

韻書と反切

Q 韻書というのは、これまでにたびたび出てきました。詩をつくるための参考書として編まれた韻引き字典のことでしたね。

A そうです。韻書は、詩の押韻の範囲を示すことを目的として、漢字を韻ごとに分けて配列した字典です。それともう一つ重要なのは、韻書におさめられている漢字の発音(読みかた)が〈反切〉という表音法――古代音を復元するための有力な味方となります――によって記されているということです。アルファベットや日本の仮名《かな》のような、いわゆる表音文字とちがって、漢字は表音性がとてもとぼしい文字です。漢字の八〇～九〇パーセントをしめるといわれる形声《けいせい》文字——意味の範疇を示す〈義符《ぎふ》〉と音を暗示する〈声符《せいふ》〉から形づくられています。「河」の〝氵〟が義符、〝可〟が声符です——の声符は表音的な要素ですが、その表音性はとても低いのです。その漢字の音をどのように表示するかは、漢字しかもたなかった古代中国の人びとにとって、とても大きな問題だったのです。

Q　そこで〈反切〉という方法を考えだしたのですね。

A　そうですが、実は、その〈反切〉法を中国の人びとが獲得したのは魏晋のころからです。それより前は、漢字の音をどのように表記したらいいか、試行錯誤をかさねたようです。

後漢のころになると、先ほどお話したように〈訓詁学〉が盛んとなりました。学者たちは、求める漢字(A)の音を、それと似た音をもっている漢字(B)で示す方法——これを〈読若《とくじゃく》〉といいます。その様式は「A読若B」(AはBのように読む)です。〔例〕飭読若勑《チョク》——か、あるいは求める漢字(A)の音を、それと同じ音をもつ漢字(B)で示す方法——これを〈直音《ちょくおん》〉といいます。その様式は「A音B」(Aの音はB)です。〔例〕功音公《コウ》——によっていました。

直音は簡単・明快でよろしいのですが、求める漢字と同音の字がない場合もあり、またあったとしても、あまり使われない漢字で読み方が明白ではないものもあって、表音の方法としては大きな限界がありました。そこに〈反切〉が登場したのです。

ことばの音の単位――音節と音韻

Q 反切の発明はたいへんな出来事だったのですね。では、その反切というのはどんな表音法なのですか。

A 反切についてお話する前に、言語《ことば》の音の単位について整理しておきましょう。言語というものは、すべて一定の音に一定の意味が結びついて成りたっています。音が語の外形をかたちづくり、意味がその内側でささえているわけです。このような外形をかたちづくる音は一定の単位から成りたっています。例えば、現代日本語の〔さかな(魚)〕はサ・カ・ナの三つ、〔はな(花)〕はハ・ナの二つ、〔め(目)〕はメという一つの音単位――これを〈音節《おんせつ》〉といいます――から成りたっています。

ところがこの音単位の多くは、さらに小さな単位からできているのです。サはsとaとに、カはkとaとに、メはmとeとに分解できます。サ・カ・メはそれぞれ、これらの単位が結びついてできたものです。このことは、これらの音の性質を明らかにするのには、どうしても知っていなければならないことです。でも、このようなことを意識しているのは専門家だけで、一般の人たちはサ・カ・メなどをそれぞれ一つのものと理解し、それがさらに小さな単位からできているなどとは考えていないと思います。

ですから日本語では、サやカやメなどを基本的な音単位と認めてよいでしょう。ところがアメリカやヨーロッパの言語学では、s・a・k……のような最小の単位を基本的なものと認めて、これを音(phone)または音韻(phoneme)と名づけています。

Q　つまり、表音文字には、日本の片仮名や平仮名のような音節を単位とする文字と、アルファベットのようにa・bなどの一つ一つの音を単位とする文字とがあるということですね。

A　そうです。片仮名や平仮名のような文字を〈音節文字〉、アルファベットのような文字を〈単音文字〉とか〈音素文字〉と呼んでいます。ところが、古代中国の人たちは、私たちとも、また欧米の言語学者ともちがった、独特の音の単位をもうけたのです。

中国語の語は基本的には一音節から成りたっています。現代中国語を例にとりますと、「家」はjiā、「天」はtiānです。欧米式でいけば、jiāはjとiとāとに、tiānはtとiとāとnとに分けてそれぞれを単位とします。しかし古代中国の人たちは、そうではなく、jiāはj-と-iāとに、tiānはt-と-iānとの二つに分け、それぞれを単位としたのです。のちの人は、その頭の部分——上の例でいえば、j-とt-です——を〈声母《せいぼ》〉、残りの部分——上の例でいえば、-iāと-iānです——を〈韻母《いんぼ》〉と名づけました(二六七ページ、注2参照)。古代中国の人たちは、自分たちの音節が〈声母〉と〈韻母〉という二つの単位から成りたっていると理解していたのです。

〈双声〉と〈畳韻〉——音節を二つに分ける

Q そのような推測を裏付ける具体的な例があるのでしょうか。

A はい、あります。皆さんもご存知の『詩経』にその例がみられます。『詩経』には前九世紀から前七世紀の西周から東周にかけての歌謡三〇五編がおさめられていますが、そのなかに、「窈《エウ(ヨウ)》窕《テウ(チョウ)》淑女、君子好逑《コウキュウ》」(窈窕たる淑女は、君子の好逑)(詩・周南・関雎)、「参差《シンシ》荇菜、左右流之」(参差たる荇菜は、左右に流《もと》む)(詩・周南・関雎)のような、のちに〈双声《そうせい》〉〈畳韻《じょういん》〉と呼ばれる一種の修辞法《レトリック》がみられます。まず「参差《シンシ》」(長短・高低がふぞろいのさま)をみてみましょう。わかりやすくするために、これをローマ字で表記するとshin・shiとなります。

つまり「参」と「差」の声母(sh-)は同じですが韻母(-inと-i)はちがいます。このように、声母は同じで韻母がちがう組み合わせを〈双声〉といいます。つぎは「窈窕」(女子の姿のしとやかで美しいさま)です。ローマ字表記ではyô・chôとなります。この例は韻母(-ô)は同じですが、声母(y-とch-)がちがいます。このように、韻母は同じで声母がちがう組み合わせを〈畳韻〉といいます。これは明らかに、『詩経』の作者たちが、自分たちの言葉の音節が声と韻との二つに分けることができる性質をそなえているということを承知していたからこそできた造語法です。日本では縄文式文化期のごく早いころ、エジプト文明やインダス・エーゲ文明などが生まれるよりもはるか昔のころ、中国の人びとは音節の二分法を心得ていたことになります。言語の音について、かなり早熟だったようですね。そしてこの

〈双声〉〈畳韻〉が、あとでお話する〈反切〉という表音法と大きく関わってくるのです。

　ここからは双声と畳韻にまつわる余談です。皆さんにうかがいます。中国の代表的な川は？　そう、長江と黄河ですね。実はこの二文字ずつの対はただものではないのです。「黄河」を現代中国語(普通話)で発音するとホワン(huáng)・ホ(hé)で「黄」と「河」の声母は同じ、韻母がちがう〈双声〉の関係にあるのです。一方の「長江」はチャン(cháng)・ジアン(jiāng)で「長」と「江」の韻母(声調をのぞきます)は同じ、声母がちがう〈畳韻〉なのです。黄河、長江はただの固有名詞にすぎません。でも

　黄河遠上白雲間　一片孤城萬仭山
　(黄河は遠く上《のぼ》る　白雲の間　一片の孤城　万仭《ばんじん》の山)(王之《おうし》渙《かん》「涼州詞《りょうしゅうし》」)
　無邊落木蕭蕭下　不盡長江滾滾來
　(無辺の落木蕭蕭《しょうしょう》として下り　不尽の長江　滾滾《こんこん》として来る)(杜甫《とほ》「登高《とうこう》」)

のように、「黄河」と「白雲」が対《つい》に、「落ちる木《このは》」と「長い江《かわ》」が対になっているうえ、音声面でも双声・畳韻と対をなしていて、詩語として使えるような工夫もなされているのですね。さすが詩の国ならではと感心します。[6]

　そのほか、詩などでよく用いられる〈双声〉には、玲瓏《れいろう》(líng・lóng)、髣髴《ほうふつ》(fǎng・fú)、恍惚《こうこつ》(huǎng・

hū)などが、〈畳韻〉には、逍遥《しょうよう》(xiāo・yáo)、彷徨《ほうこう》(páng・huáng)、艱難《かんなん》(jiān・nán)などがあります。一度、辞書などを調べてみてください。困苦《こんく》、豪華《ごうか》、白髪《はくはつ》、文物《ぶんぶつ》(以上は双声)、平生《へいぜい》、爛漫《らんまん》、名声《めいせい》、模糊《もこ》、荒涼(以上は畳韻)など、日ごろ用いられている言語《ことば》がずいぶんありますよ。

〈反切〉のしくみ

Q 中国の人たちは大昔から自分たちの言葉の音節が二つ、つまり〈声母〉と〈韻母〉とに分けられるということを承知していたとは驚きです。その音節二分法にもとづいた〈双声〉〈畳韻〉が〈反切〉とかかわりがあるというお話でしたが……。

A はい、大いにあります。反切はこの双声・畳韻の原理を活用した表音法といってもよろしいかと思うほどです。

ではまず、反切の仕組みを順を追って説明します。Aという漢字の音を反切という方法を使って表記することにします。①そのために、BとCという二つの漢字を用意します。漢字の意味とはまったく関係なく、もっぱら表音の役割をはたすための文字です。どちらもやさしく、その音もよく知られている字が選ばれているのが普通です。②次に、BとCそれぞれの音節を二つに、つまり〈声母〉と〈韻母〉とに分けます。③Bから〈声母〉だけを、Cから〈韻母〉だけをとりだします。④Bの〈声母〉とCの〈韻母〉をつなぎ合わせます。⑤そのつなぎ合わされた音節が、求めるAの音となります。

以上が作業のすべてです。この反切法の発明で、あらゆる漢字の音を示すことが、理論上、できることになったのです。

Q　具体例をあげて説明していただけませんか。

A　では、北宋時代に編まれた『広韻』という韻書(七一ページ参照)のいちばんはじめに置かれている反切を例としてとりあげます。その反切は「東　徳紅切」という体裁で記されています。Aにあたる漢字が「東」、Bは「徳」、Cは「紅」です。おわりの「切」は、〝この表記は反切である〟ことを意味するもので、実際の音にかかわりありません。

試みの一つとして、仮名文字を基本としている日本人のために、ひとまず日本の漢字音をあてはめて説明します。図9をご覧ください。

徳《トク》――反切上字《じょうじ》といいます――から〝ト〟を、紅《コウ》――反切下字《かじ》といいます――から〝ウ〟をとりだし、両者を合わせた〝トウ〟が東――帰字《きじ》といいます――の音ということになります。これで反切の仕組みはおわかりいただけたでしょうか。

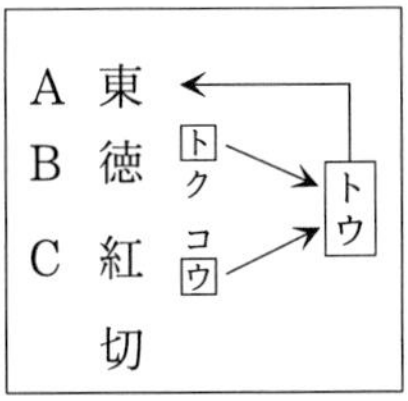

図9

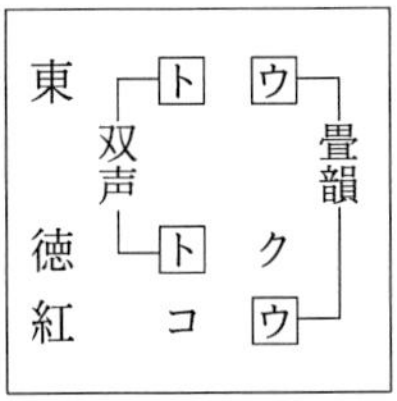

図10

Q はい、わかりました。ただ、反切が双声と畳韻の原理を応用しているという点について、もう少し説明してください。

A ただいまの反切の説明は、片仮名で表記した日本の漢字音でおこないました。これまで、反切は難しい、わかりにくい、という声をたびたび耳にしました。そこでこのたび、あるいは専門家からお叱りをこうむるかもしれないと思いながらも、あえて試みてみました。先ほど説明したように、中国語は音節を、頭の部分の〈声母〉とその他の〈韻母〉とに分けます。〈双声〉はその声母と、〈畳韻〉はその韻母とかかわる事がらです。それを、仮名のような、音節を完結した単位として、それ以上に分けることをしない文字で反切と双声・畳韻との関係を説明するのには無理があります。ただ、徳《トク》のトが声母に代わるもの、クが韻母に代わるもの、紅《コウ》のコが声母、ウが韻母に代わるものと、ひとまず考えていただければ、反切の仕組みが少しはわかりやすくなろうかと思ったのです。

前頁の図9を双声・畳韻とのかかわりがはっきりわかるように書き改めると図10のようになります。上字の「徳」と帰字の「東」は双声、下字「紅」と「東」は畳韻の関係にあることは、この図によっても一応はわかっていただけようかと思っています。でも、一層の厳密さを求める方のために、中国古代音の研究で知られるカールグレン(八八ページ参照)の復元音を紹介しておきます。図11です。

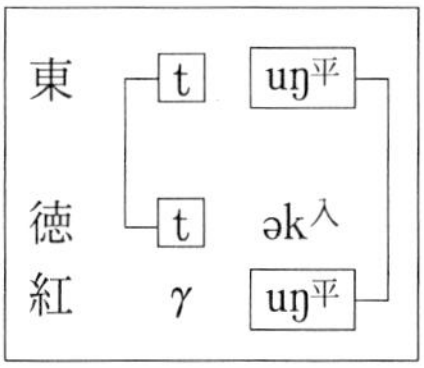

図 11

なお、復元音の右肩の小字は声調(二一〇ページ参照)です。

〈反切〉を発明したのは誰か

Q　はじめて知りましたが、反切という方法はすごいと思います。いったい、誰が発明したのですか。

A　それはわかりません。ただ、反切について述べたのは顔之推《がんしすい》（五三一～九〇？）がもっとも早いといわれますが、彼によると孫炎《そんえん》という人が関係あるようです。之推は子孫のために、全三〇章の人生指南書を書き残しました。『顔氏家訓《がんしかくん》』です。(7) この書物は人世訓だけではなく、学問的価値をもあわせもっていて貴重なものです。第一七章の「書証篇」と第一八章の「音辞篇」には言語に関係する記事がみられます。音韻にも大いに関心をよせていた之推にとって、反切はやはり気になるものだったのでしょう。いろいろ調べたようです。そしてその結論を「音辞篇」で次のように述べています。

〔経学《けいがく》の大成者として著名な鄭玄《じょうげん》の門に学んだ〕孫炎（二六〇ごろ没）が、『爾雅音義《じがおんぎ》』を創った。孫炎は漢末の人で、彼ひとりだけが反切の知識をもっていた。この反切の方法は魏にはいると盛んにおこなわれるようになった。

之推の説は言い伝えられたようです。しかし、孫炎より半世紀ほど早いころの服虔《ふっけん》が反切の創造者だ、いや、反切は漢代より前にすでにあった、などと説く者もいて、反切の創始者はだれか、はっきりしたことはわかりません。創造者もそうですが、そもそも反切という方法が、いつ頃、どのようにして生まれたのか、その起源についてもいろいろな説があるようです。

Q その点について、もう少しくわしく話してください。

A 反切の起源については、これまでいろいろ論じられてきました。それはおおよそ、中国固有の方法だと主張するグループと、いやちがう、それはインドの悉曇学（四七ページ参照）の影響をうけて生まれた方法だと主張するグループとに分かれます。ただ、その主張のいずれに同意するかはともかく、反切という方法を生みだす土台は古くから中国にあったと考えるのがよろしいかと思います。それは、これまでもたびたび話題となった双声・畳韻を思いだしてください。反切は、とりもなおさず、この双声・畳韻の原理を応用した表音法なのです。『詩経』の時代にすでにあった、この音節二分法が反切を生みだす素地だったと考えても間違いないと思います。

Ⅲ 〈四声〉のはなし――高低アクセント――

〈四声論〉を確立した沈約

Q　第1話で四声の話をうかがいました。沈約《しんやく》という人が『四声譜』を著して四声論を確立させたということでしたね(二三ページ参照)。

A　はい、そのように言われています。実は、沈約の『四声譜』の実物は失われてしまっていて、今日見ることはできません。ですから、その内容を正しく知ることは今の段階では残念ながらできません。ただ、不幸中の幸いとでもいいますか、沈約の唱えた四声論がどのようなものであったかを、間接的にうかがい知ることのできる資料が残されています。それは、真言宗の開祖、空海《くうかい》(弘法大師、図12)が著わした『文鏡秘府論《ぶんきょうひふろん》』にみえる「調四声譜」です[8]。

図12　空海画像(東寺所蔵)

　空海は西暦八〇四年に唐の長安に学び、八〇六年に帰国していますが、そのとき、音韻についても多く学んだのでしょう。「調四声譜」について空海は「諸家の四声を調《ととの》える譜は具《つぶさ》に列すれば次の通りである」と述べていますが、これは、沈約やほかの人たちが著わした四声についての「譜」をまとめたものと推測されます。

　ですから、「調四声譜」が沈約の譜そのものと断定はできませんが、少なくとも沈約とおなじ系統の思想にもとづいた学説が反映していると考えられます。

　そのようなわけですので、この「調四声譜」によって沈約の四声論がどのようなものかを推論しても、あながち的外《まとはず》れではないと思います。

その詳細は省きますが、それは、双声・畳韻・四声という三つの要素を総合してまとめた、一種の図表のようなものです。これを見ると、沈約たちが四声というものを体系的に理解していたことがわかります。韻書が誕生するのには四声が体系的に理解されることが前提となります。沈約たちの段階で、韻書が編まれるための条件はほぼ整えられたといっていいでしょう。

反切と四声をめぐる話はこれで一応おわりとします。反切の知識が広まり、四声が人びとに理解されるようになり、韻書が編まれるための条件がそろったことになります。あとは誕生をまつだけです。質問がありましたら、どうぞ。

〈四声論〉成立の背景

Q ところで、反切がインドの悉曇学の影響をうけて生まれた方法という主張もあるとのことでしたが、四声論の成立についてはいかがでしょうか。沈約たちはインド悉曇学の影響をうけているのでしょうか。

A はい。その程度や内容にちがいはありますが、影響を認める人もかなりいるのではないでしょうか。この点についてもっとも早く述べたのが、もうだいぶ前になりますが陳寅恪《ちんいんかく》という方です。批判もありますが、その要旨を紹介します。

インドのVeda《ヴェーダ》〔インド最古の宗教文献〕声明《しょうみょう》〔音韻・文法・訓詁の学〕論によると、「声」Svaraというのは中国の声調の「声」に類似している。つまり声の高低調を指し、英語のpitch accentがそれである。Veda声明論は、この「声」を高低によって、udātta, Svarita, Anundāttaに三分する。仏教が東漸した時、経典の転読〔朗誦〕と共にこれら三声の区別も伝えられた。中国語の声調の内、入声はその特徴〔音節末尾がp・t・k〕によって他の声調との区別は容易であるが、そのほかの相違は単に音の高低の差であって、それを区分していくつの声調とするかはなかなか定め難い。そこで中国の文士は、仏典の転読に倣《なら》い、区別するのに平・上・去の三声を定め、入声を加えて四声としたのである。

そして、特に沈約の時に四声の論が起ったのは、当時が審音《しんおん》の最高潮期であったからである。また、〔中略〕当時の帝都である建康〔いまの南京〕は、仏教徒たちの雲集の場であり、転読を善くする多くの経師たちが出現した。またこれよりさき建康の審音文士は韻律を討論し研究していたのである。周顒や沈約はこれらから啓発され、「共に仏教転読の影響を受け」て四声論を提示したのである。（「四声三問」、一九三四）

以上がその要旨です。一方で、ヴェーダの声調と四声論のあいだには直接の関係はないと説く人もいます。なお検討する余地はあるのではないでしょうか。中国には四声論が唱えられる前から、すでに〝五声（五音）〟という言い方があったことでもありますので……。

五声と四声

Q ちょっと聞き捨てならないお話ですね。どういうことでしょうか。

A 先ほど反切の中で登場した孫炎と同じ時代の人、李登《りと》が著わした書に『声類』があります。今は失われてしまいましたが、「五声によって字を排列」した書だといわれます（唐・封演『封氏聞見記』）。五声とは宮《きゅう》・商《しょう》・角《かく》・徴《ち》・羽《う》のことで、もともとは古楽（秦・漢・六朝以前の音楽）に関する言語《ことば》で、この五字によって五つの音階を代表していたのです。五声という熟語は先秦時代の『尚書』や『礼記』にみえますが、この五声が宮・商・角・徴・羽であると述べた最古の文献は『周礼』（周の官制を説明した書）だそうです。その『周礼』に見える「五気五声五色」（「天官疾医」の条）に、後漢・鄭玄《じょうげん》は「五声、言語宮商角徴羽」と注しています。つまり、音楽の音階について与えられたこの五つの名称は、漢代には言語音にも転用されるようになっていたらしいのです。

とすれば、のちの四声の範疇とはちがうものの、少なくとも音階によく似たピッチが中国語音にあるという認識は、漢代の半ば以前からあったことになります。もちろん音楽のピッチと言語音のピッチとは異質なもので、両者のあいだにはかなりのズレがあったであろうとは思いますが、四声論が成立する基盤は中国に整えられつつあったと理解されます。

そこにインドからヴェーダの朗誦法が伝えられたのです。異文化と接触し、それを取り込むのには、反切のところでもお話したように、何らかの文化背景があったはずです。もし、ヴェーダの朗誦法を参考にしたとすれば、古来からの五声が基盤として中国にあったからではないでしょうか。しかし、五声と四声との対応関係はそれほど単純であったとは思えません。四声という名称は斉梁時代にはすでに在ったにもかかわらず、沈約たちは四声を論じながらもなお五声(五音)の名称を用いていたといわれます。周顒《しゅうぎょう》や沈約たちが五言詩の韻律を定めるためとはいえ、さまざまな困難をのりこえ、四声論の体系化をなしとげたということは、まことに輝かしい業績といえるのではないでしょうか。

Ⅳ　韻書のはなし——韻引き字典——

中国では五世紀から六世紀にかけての斉梁の時代に韻律の考究がいちだんとすすみ、押韻や平仄についての意識がとても高まりました。詩を創るうえでの規則も厳しくなってきました。そこで頼りになる参考書が必要とされるようになりました。その求めに応えて編まれたのが〈韻書〉です。〈字書〉は漢字の形によって、〈義書〉は漢字(語)の意味によって分類されますが、〈韻書〉はまず、収める漢字のすべてを〈四声〉によって大きく分類します。

次に、おなじ韻をもつ字を一まとめにして配列します。そのとき、それぞれのグループに韻の名前——これを〈韻目《いんもく》〉といいます——をつけます。そして配列された文字の発音を示す反切、ときには直音(四九ページ参照)とその文字の意味が注として記されるのが一般です。ただし、韻書が編まれはじめたころの韻書の体裁がどのようであったかは、今のところよくわかりません。では、ご質問をどうぞ。

『切韻』——標準的な韻書の成立

Q 韻書が編まれるにいたるまでの経緯《いきさつ》がわかりました。新しいものの誕生をむかえるには、たいへんな準備が必要だったのですね。ところで、中国でもっとも早い韻書はどのようなものですか。

A 三国・魏の李登《りと》の『声類』一〇巻と晋の呂静《りょせい》の『韻集』五巻がもっとも早い韻書といわれています。ただ、二書とも今日残されていないので、詳しい内容はわかりません。

呂静の『韻集』のころから二〇〇年あまり過ぎた斉梁の時代になると、第1話でもお話したように韻律論がとても盛んとなりました。沈約によって〈八病《はっぺい》〉説という作詩上の法則までもつくられるようになり、文人たちは詩の形式美をいっそう追い求めるようになりました。

このような文学風潮と相まって、南北朝時代——といっても主に南朝ですが——になると、沈約の『四声譜』についでさまざまな韻書が編まれるようになったのです。『隋書』の「経籍志《けいせきし》」(図書目録)には『四声譜』のほかに十数種の韻書の名前がみられます。このように韻書はつぎつぎと著わされたのですが、どれも失われてしまって、今やその内容を詳しく知ることはできません。

開皇九年(五八九)、隋の文帝が天下を統一しました。統一とともに、文化面での整理と集大成がつよく望まれるようになったのも自然の勢いでしょう。韻書についても〝押韻の規範を示す標準的な韻書〟の編集が計画されることになったのです。そして編まれたのが、その後四〇〇年にもわたって韻書の標準として重んじられた、陸法言《りくほうげん》の『切韻《せついん》』五巻です。

Q　では、この『切韻』はどのようにして編まれたのですか。そのことを知る手がかりはあるのでしょうか。

A　幸いなことに、『切韻』の編者である陸法言(生没年は不明)が隋の仁寿元年(六〇一)に書いた序文が残っています。そこには『切韻』が編まれた理由、編集の方針などが記されていますので、まずその内容のおおよそをお伝えしましょう。

序文は「開皇年間(五八一～六〇〇)の初めに」という書きだしから始まります。その開皇年間の初めに、儀同三司《ぎどうさんし》の劉臻《りゅうしん》(五二七～九八)たち八名が都・長安にあった陸法言の邸《やしき》にやってきて、音韻や韻書のことを論じたのです。

ところで、訪れてきた劉臻の役職の儀同三司というのは、今でいえば、総理大臣と同列ほどの政府の高官だそうです。ずいぶん偉い人が来たものです。ほかには、『顔氏家訓』の著者、顔之推や、梁・武帝の孫の蕭該《しょうがい》など、すぐれた学者・文人たちでした。夜も更けて酒宴もおわり、話は音韻や韻書のことになり、いろいろ議論をしたようです。

Q　その議論の内容はどのようなものだったのですか。

A　いろいろ論じたようですが、その一つに当時の各地の方言についてがあります。まず呉《ご》・楚《そ》――中国の南方、いまの江蘇・江西・湖北省です――の方言は〝軽くて浅い〟、からはじまり、ついで、これに対して燕《えん》・趙《ちょう》――中国の北方、いまの河北・山西省です――では〝重く濁っている〟とつづきます。「呉楚」：「燕趙」、「軽浅」：「重濁」と対句で方言を論じています。

次は秦《しん》・隴《ろう》――いまの陝西省方面――と梁《りょう》・益《えき》――いまの四川省――です。秦・隴では〝去声が入声となり〟、一方の梁・益は〝平声が去声に似ている〟、とそれぞれの方言の難点をあげています。ここでも「秦隴」：「梁益」、「去声為入」：「平声似去」と対句になっています。

つづけて、どこの方言とはいっていませんが、地方によっては「支」の発音と「脂」の発音がおなじであり、「魚」と「虞」の音をいっしょにするところもある、また「先」と「仙」、「尤」と「侯」も区別がない、と論じています。

論議は韻書へとすすみます。先ほどお話したように、『切韻』より前、南北朝のころからさまざまな韻書が編まれました。これらの韻書は、著された時期にへだたりがあり、編者の出身地もことなり、内容にくいちがいが当然のことながらあったのでしょう。そのことについて『切韻』の序文は「江東取韻、与河北復殊」といいます。江東の韻のとりかたは河北の韻のとりかたとはまたちがう、といっているのです。江東とは長江の東、つまり長江の下流のあたり、一方の河北とは黄河が北へと弓形に曲がっているところから先、いまの河北省あたりまでの一帯をさしているようです。ここでも方言のときと同様、「江東」:「河北」と対句にしていますが、これによっても韻書の音韻（韻の分けかた）のちがいがわかります。

そしていよいよ編集方針を決めることになります。序文は「南北の是非、古今の通塞を論ず」といっています。南と北の方言のどちらが是でどちらが非であるかについて、そしてこれまでの韻書について、この韻は北方のがよい、いや南方のほうがよいとか、韻の分けかたなどを論議したのです。そして結論が出ました。序文にはこうあります。「魏彦淵《ぎげんえん》――当夜、論議にくわわったひとりで官職は著作郎（朝廷の歴史書の編集をつかさどる役人）です――が私（法言）に言った。〈これまでの討論で疑問点は出つくし、すべて解決されました。ここで話し合ったことを記録しておいたらどうでしょう。定めるべきことは定めたのですから〉と。そこで私は結論をノートに書きとめたのである」。

以上がその夜おこなわれた議論の内容、編集方針などのあらましです。

くりかえされる『切韻』の増訂

Q　『切韻』の話をうかがったら、ぜひ『切韻』の実物が見たくなりました。

A　まことに残念ですが、陸法言の編んだ『切韻』の原本は失われ、いま残っていないのです。今日では敦煌で発見された、ごくわずかな断片を見ることしかできません。ただ、『切韻』を改訂増補したものが残されています。その最終増訂本が宋代の『広韻《こういん》』五巻(一〇〇八)です。それによって原本の姿をうかがい知ることはできます。

では、六〇一年『切韻』から一〇〇八年の『広韻』までの道程《みちのり》を少しばかり早足でたどってみましょう。

南北朝時代の韻書の、いわば集大成として編まれた『切韻』は、内容がよく整えられた、実用価値の高い韻書として認められたのでしょう、隋代はもちろんのこと、唐代をつうじて大いに重んじられました。しかし、『切韻』はもっぱら字音(漢字の読みかた)や韻を知ることを目的とする韻書でしたので、収められた字数もそれほど多くなく、文字の意味の注釈も詳しくありませんでした。そのために、唐代になると字数を増やし、文字の解釈も補った、『切韻』増補版が著わされるようになりました。主なものを発行順に並べてみます。

王仁昫《おうじんく》(煦とも)『刊謬補缺切韻《かんびゅうほけつ》』(六〇六)

長孫訥言《ちょうそんとつげん》『箋注《せんちゅう》』（六七七）
孫愐《そんめん》『唐韻』（七五一）
李舟『切韻』（七七〇〜八〇〇ごろ）

これらのうち、『刊謬補缺切韻』は注目すべきもので、『切韻』の〝誤り（謬）を正し（刊）、文字や意味の注など欠けているところ（缺）を補った（補）〟韻書です（図13）。この韻書も長いあいだ失われていたのですが、二〇世紀にはいってから三種類の唐代の写本が発見されました。そのうち第三番目のものは、もともと清朝の宮中にあったのですが、溥儀《ふぎ》が満州国の皇帝に即位したときに持ちだしたといいます。それが太平洋戦争がおわって二年目の一九四七年に発見され、故宮博物院が購入して収蔵することになったものです。この本はとても価値が高いといわれます。なぜなら、それは欠けたところの全くない完全なものだからです。いま紹介したように、唐代ではいくつかの韻書が編まれたのですが、序文も中身も、写本ではありますが、完全な形で残っているのは王仁昫のものだけです。

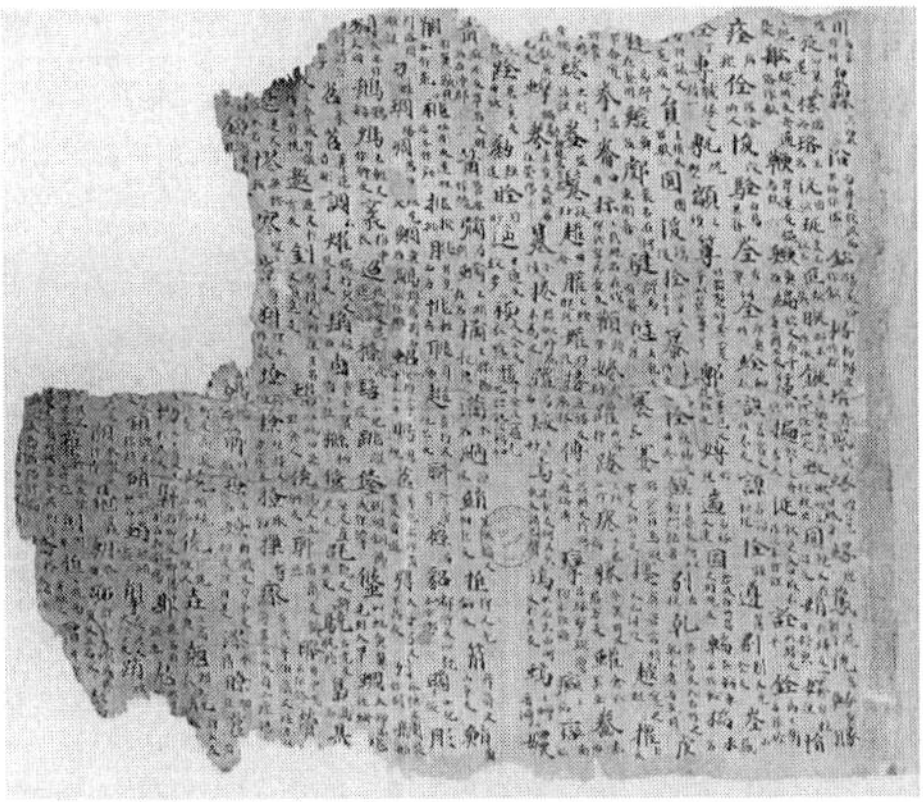
図13　『刊謬補缺切韻』

Q　そのつぎに編まれたのが『唐韻』ですね。ここでは『切韻』という名前が消えていますが、なぜでしょうか。陸法言の『切韻』と系統がちがうのですか。

A　おなじ系統の韻書です。それなのに〝切韻〟を名のらないのはどうしてなのか、その理由はわかりません。なぜか『唐韻』という名前に改められてしまったのです。それは天宝十載《てんぽうじっさい》(七五一)のときです。

少しばかり余談となりますが、これはあの有名な玄宗皇帝の年号で〝十年〟というところを〝十載〟という字を使っています。それは帝尭《ぎょう》・帝舜《しゅん》――中国古代の伝説上の皇帝といわれています――の時代には〝年〟というところに〝載〟の字を使い、〝年〟は周の時代になってから使いだしたのだそうです。玄宗は尭・舜時代の政治を理想とし、それに一歩でも近づこうとしたのではないでしょうか。

この『唐韻』の特徴を一つあげます。陸法言『切韻』の残巻をみますと、文字の意味の注がとても簡略で、まったくつけられていないものも少なくありません。ところが、唐代をつうじて『切韻』の増訂がなされるとともに、韻書は字書の性格をもそなえるようになったのです。『爾雅《じが》』『方言』『説文解字』『玉篇』など多くの古典を引用し、ことに官制や姓氏、地名などの固有名詞の注釈が詳しくなって、まさに字書としての要素をあわせもつ韻書に変身したのです。韻書の枠をこえて、字書的性格をもった韻書への変身、これは唐代でなしとげられた一つの改革と言えようかと思いますが、その大きな役割をはたしたのが孫愐の『唐韻』だったのです。この傾向は、つぎの『広韻』にそのまま受けつがれていきます。

『広韻』――『切韻』の最終増訂版

Q では、『切韻』の最終増訂版という『広韻』についてお話しください。

A 陸法言の『切韻』から四〇〇年ほどがすぎ、『広韻』――正しくは『大宋重修広韻《だいそうじゅうしゅうこういん》』ですが、ふつう『広韻』といいます。ちなみに「広」はenlarged(増訂)の意、『広韻』は『切韻』のenlarged edition(増訂版)を意味します――が勅定の韻書として編まれました。

この韻書が刊行されるまでに、次のような経緯がありました。太宗の雍熙《ようき》年間(九八四～八七)のときに『広韻』の編集がおこなわれたようです。それを真宗の景徳四年(一〇〇七)と大中祥府元年(一〇〇八)の二度にわたって修訂、つまり〝重修〟した韻書、それが『広韻』で、天子から『大宋重修広韻』という名前をいただいた、というのです。やがて刊本として広まると、『切韻』をはじめ、唐代をつうじて編まれた増補版は、『刊謬補缺切韻』の写本をのぞいて、すべて失われてしまいました。ただこの『広韻』は完本として今日に伝えられ、『切韻』の体系を忠実に保っているので、『切韻』に代る韻書として研究、利用されています(次ページ、図14)。

Q 『広韻』が『切韻』の最後の増訂版ということですが、その後も韻書はつくられたのでしょう

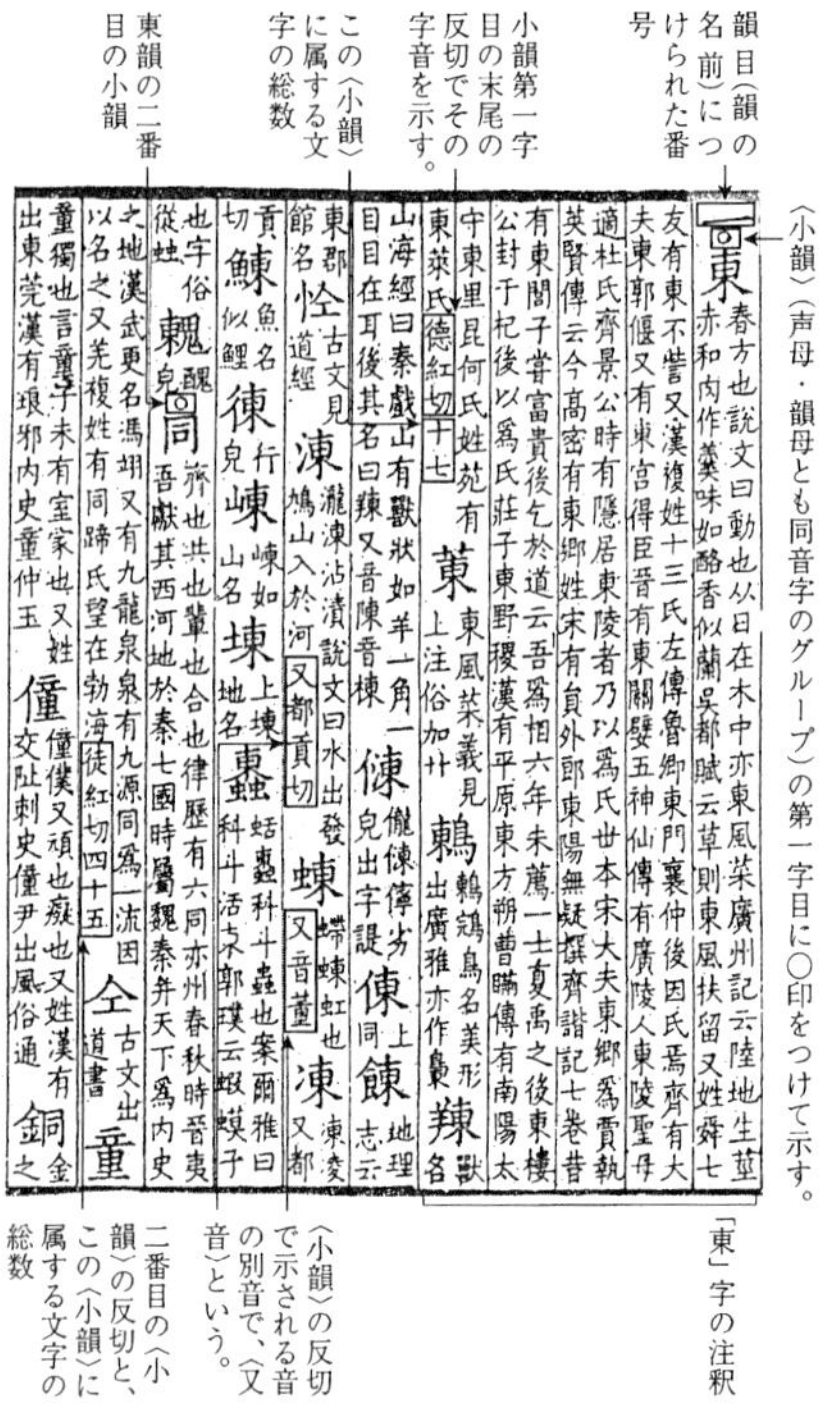
韻目(韻の名前)につけられた番号
〈小韻〉(声母・韻母とも同音字のグループ)の第一字目に○印をつけて示す。
小韻第一字目の末尾の反切でその字音を示す。
この〈小韻〉に属する文字の総数
東韻の二番目の小韻
「東」字の注釈
〈小韻〉の反切で示される音の別音で、〈又音〉という。
二番目の〈小韻〉の反切と、この〈小韻〉に属する文字の総数

図 14　『広韻』巻一・上平声・一東韻の冒頭部分

か。

A　韻書の歴史はまだ続きます。『広韻』を簡単にした韻書がつくられました。唐代をつうじて編まれた『切韻』系の韻書は、見出し字も注釈も多くなっていったことはお話したとおりです。『広韻』の序文によれば、注釈は一九万一六九〇字もあるそうです。韻書が字書的な性格をあわせもつようになるのは『唐韻』からでしたが、『広韻』になるとその傾向はいっそう強まり、まさに「同音字典」と呼べるほどになったのです。例えば、上平声・東韻の「公」字に記された注釈――しかもそれは古代の姓についてです――は八〇〇字以上におよんでいます。これでは実用向きとはいえません。利用者は作詩の参考書が必要なのであって、韻書にそのような字書的な要素をもとめているわけではないでしょう。

そこで、『広韻』を簡単にした韻書が編まれるようになったのです。それが『広韻』の略本、いわ

ゆる「韻略」といわれるものです。そこでなされた簡略化というのは、字の解釈の削減、それと韻目の大幅な合併でした。『広韻』の二〇六韻は一〇七となり――平水韻《へいすいいん》と呼ばれています――、ついに、今も漢詩をつくるときに参考にする一〇六韻(王文郁『礼部韻略』など)へとすすんだのでした。『切韻』の体系を頑《かたく》なに守った『広韻』も、時代とともにその姿を変えていったのです。

V 韻図――現代的な音節表――

陸法言の『切韻』という韻書が南北朝を統一した隋の仁寿元年(六〇一)に編まれ、その後四〇〇年以上にわたって押韻や字音(漢字の読みかた)の規範としてありつづけました。文化史の面からも注目すべき出来事だと思います。このような、それまでの韻書の集大成という事業をなしとげた隋朝は、その後二〇年もたたないうちに崩壊し、唐が新しい王朝として登場しました。西暦六一八年のことです。

唐朝を迎え、音韻の領域にも新しい風が巻きおこりました。〈韻図《いんず》〉――〈等韻図《とういんず》〉ともいいます――と呼ばれる図表の刊行と、この図表を材料に音韻を研究しようとする〈等韻学〉という学問の芽生えです。

この韻図というのは、反切が一つ一つの文字についてその音を示そうとする方法であるのに対して、中国語を形づくっている音節（一六七ページ、注2参照）のすべてが一覧できるように工夫された、まことに現代的《モダン》な音節表（syllabary）です。韻図の作者は、まず中国語の音節を声母と韻母の二つに分けました。音節を二分するのには中国の人たちは大昔から承知していたわけですから（五一ページ参照）、とくに目新しいことではありません。

それまで見られなかった新しい試みというのは、この声母と韻母の組み合わせのすべてを、座標軸の理屈を利用して図で示した点にあります。作者は声母を縦のX軸に、韻母を横のY軸に並べます。そうすれば、X軸とY軸とが交わる点に求める文字を置くことによって、その字の音をただちに知ることができるという仕組みに着目したのです。唐の人はまさに画期的な図表を世に送りだしたのです。

では、ご質問をどうぞ。

インドの悉曇学の影響

Q 反切や四声のお話では、インドの悉曇学《しったんがく》の影響があるのではないかといわれましたが、この韻図についてはいかがでしょうか。

A 反切や四声については、悉曇学の影響に関して賛否両論がありました。でもこの韻図というのは、おそらくインドの音節表の影響をうけてつくられたという点に異論はないと思います。悉曇学というのは、サンスクリット（古代インドの文語）を書き表わす悉曇文字についての学問です。この悉曇文字の体文《たいもん》(子音)と摩多《また》(母音)を組合せてつくった音節表(悉曇章)が古代インドでつくられていました。唐の人は、仏教の東進といっしょに中国に伝わった悉曇文字の音節表に着目し、この仕組みを利用して中国語の字音(音節)を体系的に表示する韻図を生んだ、と推測されます。

南宋の鄭樵《ていしょう》(一一〇二〜六〇)が著わした韻図「七音略《しちおんりゃく》」の序文で「〔このような図表は〕西域でおこり、中国に渡ってきた。インドの僧侶たちはこれを広めようとしているので、この書をつくった」といった趣旨を述べていますが、韻図がインド悉曇学に啓発されて生まれたことに疑う余地はまずないと思われます。

韻図を受けいれる下準備

Q　韻図が悉曇学の影響で生まれたとしても、そのためには、中国側に韻図を受けいれる環境が整えられていたのでしょうか。韻書の誕生には、反切が広く用いられ、四声が人びとに理解されるようになることが必要であったように。

A　鋭いご指摘ですね。そのとおりです。これまでも耳にたこができるのではないかというほどお話しましたが、中国の人たちは、自分たちの言語《ことば》の音節が声母と韻母に分けられる性質をそなえていることを早くから認識していました。この性質を利用して『詩経』の作者たちは〈双声《そうせい》〉〈畳韻《じょういん》〉語をつくりました。そして沈約は〈四声〉を体系的にとらえ、『四声譜』を著わしました。この譜は、双声・

畳韻・四声という三つの要素を総合した一種の図表でした。この図表にインドの音節表（悉曇章）によく似た形式が認められますが、韻図にはなおほど遠いものでした。

この沈約から韻図が成立するまでには、さらに三〇〇年近い歳月が必要でした。そのあいだに中国の人びとは、やがて韻図として実を結ぶための条件を整えていったのです。それは㈠〈五音《ごおん》〉という枠組みをつくり、㈡〈字母《じぼ》〉という声母の代表字を考えだし、そして㈢〈等《とう》〉という、介母と主母音にかかわる概念を確立させることでした。

図 15　謝霊運

Q　この三つが韻図を形づくる骨格となるわけですね。何となく難しそうですが、では、〈五音〉の枠組みから説明してください。

A　くり返しになりますが、韻図は縦のX軸に声母を並べます。そのとき、声母を発音するときの調音点（音声を出すときの舌や上顎などの位置）によってまず大きく五つに分けます。これが〈五音〉の枠組みということです。このような考えは、もともと中国にはありませんでした。

南朝の宋に謝霊運《しゃれいうん》（三八五〜四三三）という詩人がいました（図15）。河南の人で南北朝文学の第一人者といわれますが、彼はまた仏教になみならぬ関心を寄せ、『金剛般若《はんにゃ》経注』を著わし、『大般涅槃《ねはん》経』五六巻の訳業を完成させています。さらに悉曇文字にも興味をいだき、調音点によって五種類に分類された悉曇文字の子音字を中国語音と対照させ、五種類のそれぞれに中国語の呼び名――例えば、悉曇文字のk・kh・g・gh・ngを〝舌根声〟、c・ch・J・jh・ñを〝舌中声、亦云牙歯辺声〟などのように――をつけています。この呼び名は、七世紀末ごろの作と推測される智広《ちこう》の『悉曇字記』(9)では、㈠牙《が》音、㈡歯《し》音、㈢舌《ぜつ》音、㈣喉《こう》音、㈤唇《しん》音となっています。

謝霊運が悉曇文字を研究し、調音点によって声母を五つに分類する方法を中国に導入した功績はとても大きいと思います。残されている資料をみるかぎり、中国での悉曇学は謝霊運にはじまると言えようかと思います。

この五音はその後、あとでお話する『韻鏡《いんきょう》』という韻図が著わされるころには、さらに半舌《はんぜつ》と半歯《はんし》という二音がくわえられ〈七音《しちおん》〉として完結しますが、この〈五音〉の枠組みの設定は、その過程に位置する新しい分類の出発だったのです。

Q　これで韻図が生まれるための条件の一つが整えられたわけですね。では二つ目の〈字母〉について説明してください。

A　〈字母〉というのは、声母の代表字のことです。例えば、pという音を示すのに用いられる漢字は一つとはかぎりません。『広韻』をみると、「補布北辺巴」など二〇ほどの字が使われています。tは「都徳多当冬丁得」の七つです。そうすると、pやtなどを表わすために用いられる字をまとめて呼ぶ〝呼び名〟があったほうが便利ではありませんか。そこで〈字母〉というものを考えだしたのです。p音を示す「補布北……」などをまとめて〝幫〟母、t音を示す「都徳多……」などをまとめて〝端〟母と呼んだのです。

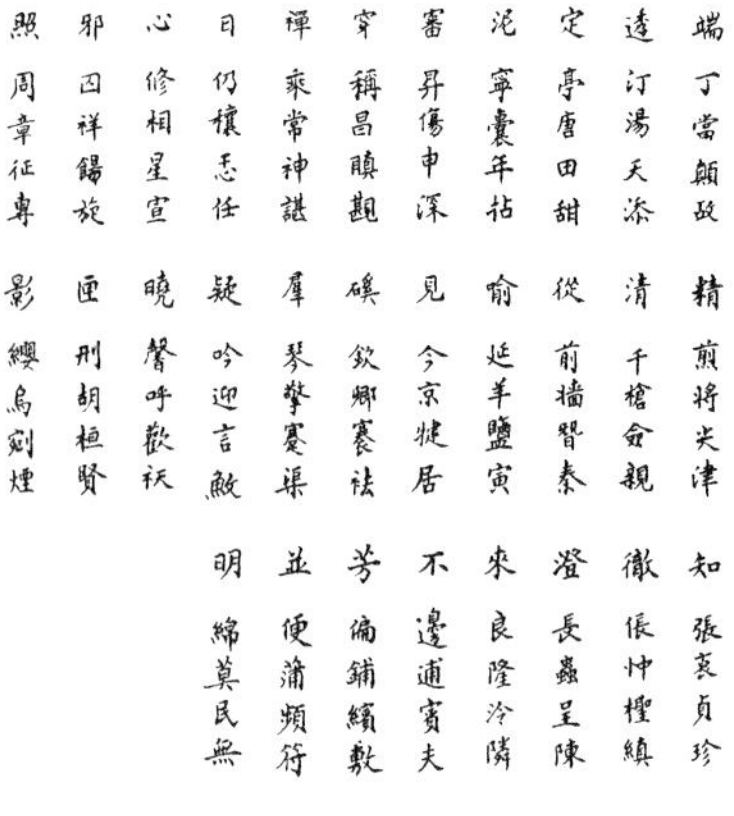
端 丁當顛敁 精 煎將尖津 知 張衷貞珍
透 汀湯天添 清 千槍僉親 徹 倀忡檉縝
定 亭唐田甜 從 前牆習秦 澄 長蟲呈陳
泥 寧囊年拈 喻 延羊鹽寅 來 良隆冷隣
審 昇傷申深 見 今京犍居 不 邊逋賓夫
穿 稱昌瞋覘 磎 欽卿褰祛 芳 偏鋪繽敷
禪 乘常神諶 羣 琴擎褰渠 並 便蒲頻符
日 仍穰忎任 疑 吟迎言魰 明 綿莫民無
心 修相星宣 曉 馨呼歡祆
邪 囚祥錫旋 匣 刑胡桓賢
照 周章征專 影 纓烏剜煙

図16 「帰三十字母例」

字母という観念は唐代にはいってから誕生しましたが、それより前に一つの試みがなされていました。それは、韻書で使われている多くの反切上字を、〈双声〉(五二ページ参照)の知識を応用して全体を三〇にまとめ、それぞれを二つの双声字――つまり声母がおなじ二つの字です――で一つの声母を示そうとしたのです。例えばp音ならば「賓」と「辺」の二字、k音ならば「堅」「経」の二字、m音ならば「民」「眠」の二字、というようにです。これは「切字要法」《せつじようほう》(作者も製作者も不明)という表に記されています。中国人たちが自分たちの言語《ことば》の声母を整理して三〇種類にまとめて示したのは、これまでに発見された資料によるかぎり、この「切字要法」がもっとも古いものです。

「切字要法」は声母を双声字によって三〇類《グループ》にまとめて示しましたが、唐代になると、それぞれの類《グループ》のなかから一字を選び、その類を示す名前とするようになりました。これが〈字母〉です。敦煌で発見された唐人の「帰三十字母例」（敦煌出土文献・S五一二、図16）と、唐末の僧侶守温《しゅおん》（生没年不明）の『韻学残巻』（敦煌出土文献・P二〇一二）に収められている〈三十字母〉が、今日見ることのできる字母としてはもっとも古く、貴重な資料です。その後改良がくわえられ、六つの声母を補った〈三十六字母〉がやがて『韻鏡』に登場します。

Q　韻図がつくられるための、二つ目の条件が準備されたことになりますね。では、三つ目の〈等〉についてお願いします。一つ目の〈五音〉の枠組み、二つ目の〈字母〉は、いずれも声母、つまり縦のX軸に関わるものでした。〈等〉は韻母についての事がらというお話でしたが……。

A　そうです。〈等〉は横のY軸に置かれる韻母の、まったく新しい分類の基準で、唐代になってから始まったものです。唐の人は――その名前はわかりません――韻母を分析して、①韻母が直音か、あるいは-i-類の拗音をふくんでいるか（一六九ページ、注11参照）、②韻母の主母音が[ɑ][a]のような〈広母音〉か、[i][u]のような〈狭母音〉[10]かによって韻（『広韻』の二〇六韻）を四つの等《とう》、つまり〈一等〉〈二等〉〈三等〉〈四等〉に大きく分けたのです。[11]　先ほどお話した守温『韻学残巻』におさめられている資料に「四《し》等《とう》重軽例」（図17）というのがあります。これは〈等〉によって韻を四つの類に分けた資料としてはもっとも古いものです。

「四等重軽例」をみてみましょう。まず韻を平上去入の四声で大きく分けます。次に、それぞれの声調ごとに、一・二・三・四の〈等〉にしたがって韻を並べます。全部で二六例（平声八・上声四・去声四・入声一〇）があげられていますが、ここでは平声の一例をご覧にいれます。なお、「四等重軽例」には〈等〉の記載はありませんが、その分かれ方は『韻鏡』の〈等〉の区分と符合しますので、参考のために付記しました。

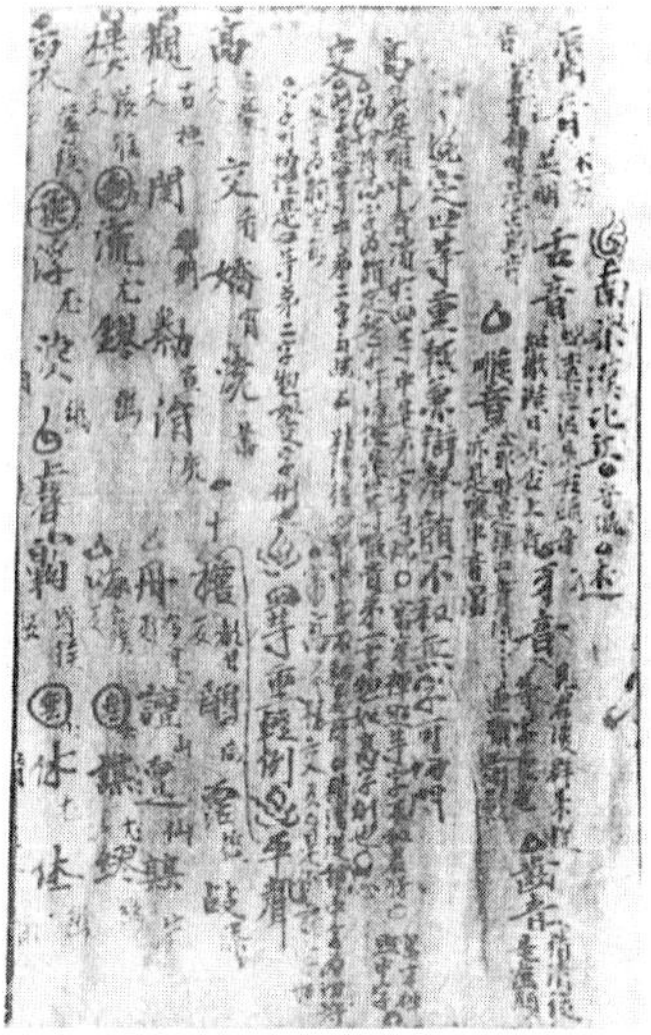

図 17 「四等重軽例」

	〈一等〉	〈二等〉	〈三等〉	〈四等〉
〔平声〕	高古豪反	交肴	嬌宵	澆蕭

ご覧のように、例字に記された注には二種類あります。一つは〈一等〉の字（高）につけられた反切で、もう一つは〈二・三・四〉等の字につけられた韻目（〝肴〟・〝宵〟など韻の名前）です。参考のために、カールグレン（八八ページ参照）の復元音を転載すると、「高」は -ɑu（豪韻）、「交」は -au（肴韻）、「嬌」は -ĭɛu（宵韻）、「澆」は -ieu（蕭韻）、ということになります。

韻図作成のはじまり

Q　これで三拍子そろったことになりますね。では、これらを総合した韻図というものは、いつごろからつくられはじめたのでしょうか。

A　〈三十六字母〉による声母の分類、〈五音〉による調音点の区分、〈等〉による韻の類別などが一つにまとめられ、新しい韻図の誕生を迎えるにいたりました。韻図の出現は、そのころの漢字音に対する分析がかなりの程度にまで精密になっていたことを、はっきりと示しているといえましょう。

今日、私たちが目にできる最も早い時期の韻図は『韻鏡』ですが、それよりだいぶ前に、その原型ともいえる韻図がつくられていたと考えても間違いないと思います。なぜなら、のちほどお話するように、『韻鏡』のような、まことに精緻な韻図が一朝一夕でしあげられるとはとても思えないからです。

では、その原型が作られたのはいつごろでしょうか。小川環樹さんによれば、七世紀説、八世紀説、九世紀説がありますが、小川さんは、七世紀説を十分な証拠に欠けているとして退け、さらに九世紀説に反論し、おおよそ次のように述べています。

宋・鄭樵の『通志』「校讎略」によると、韻図の一種とほぼ確実に推察される「内外転帰字図」

「内外伝鈐《ママ》指帰図」「切韻枢」などが、残らず顔真卿(七〇八〜八五)の『韻海鏡源』(七七四成書)に収められていることから、遅くとも顔真卿の書物が著わされた七七四年までに、等韻学がかなり発達していたことは確実である。

このように論拠を示して小川さんは新しく八世紀説を唱えたのでした。[12] 今の段階では八世紀説が妥当と思われます。

『韻鏡』の成立

Q 今日残されているもっとも古い韻図が『韻鏡』なのですね。

A そうです。『韻鏡』より前にも『韻鏡』とおなじ形式のものがあったろうと思われるのですが、今に伝わっていません。『韻鏡』が現存の韻図として一番古いもの、といわれる所以です。ところが、この『韻鏡』の作者も製作年代も確かなことはわかっていません。唐末のものとも宋代はじめのものとも言われますが、なお研究する余地は残されていると思います。

それは南宋のはじめのことでした。音韻の学を志す張麟之《ちょうりんし》(生没年、経歴など不明)という青年がいました。頼るべき師もなく、悩みをかこっていたのですが、ある日のこと、『韻鏡』なるものが友人からゆずられたのです。張青年はこの図表を見ていたく感嘆しました。二〇歳を迎えたときのことです。

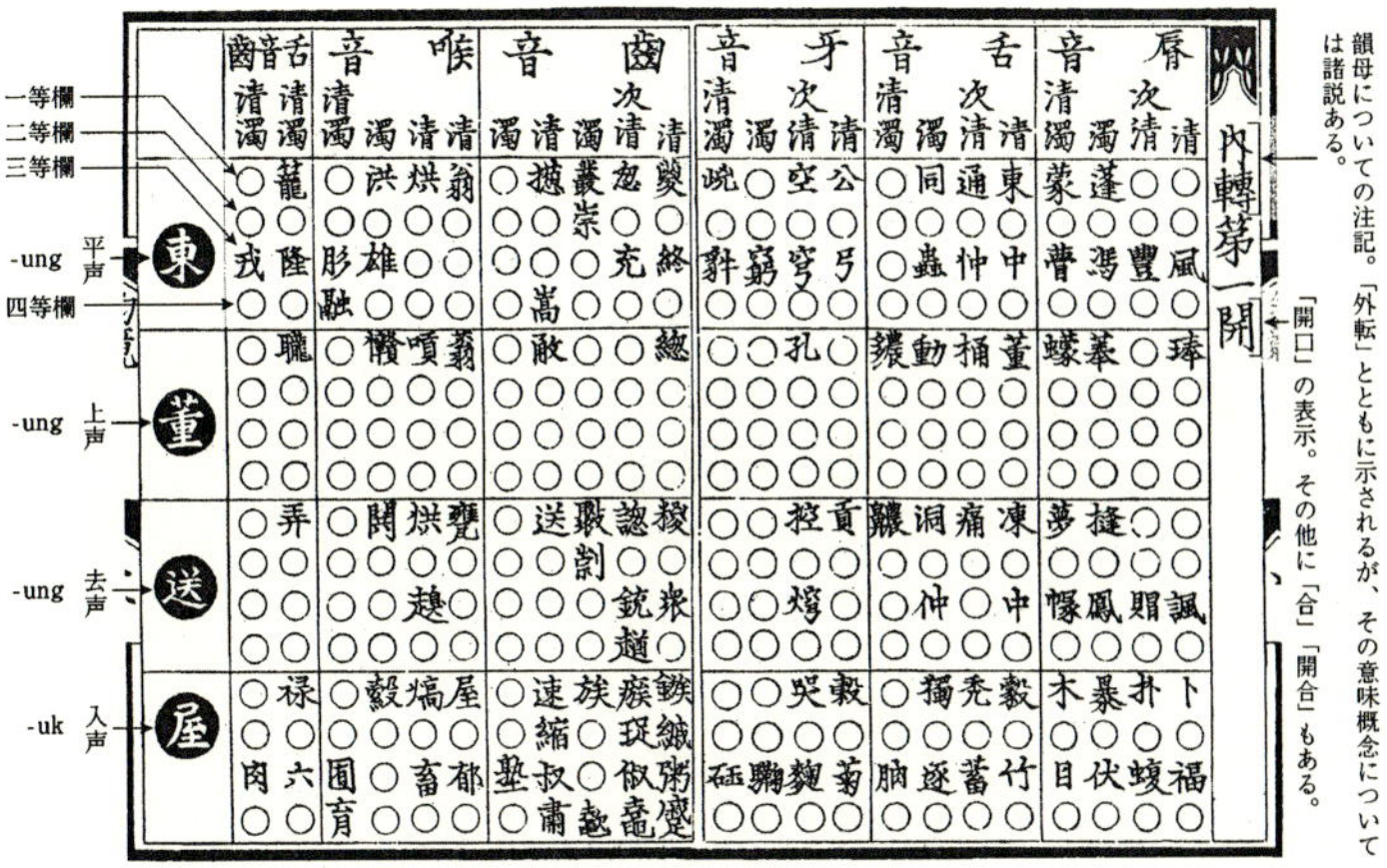

図18 『韻鏡』・図表の一枚目

それから五〇年、彼は『韻鏡』を熱心に研究し、その作者が誰かを明らかにすることもできないまま——ひととき、僧侶で音韻に明るい神拱《しんきょう》(生没年不詳)かと考えたこともあったようですが、結局のところ不明としています——序文をつけて三度にわたって刊行しました。初刊は一一六一、第二刊は一一九七、第三刊は一二〇三年です。それが今日に伝わる『韻鏡』です(図18)。

『韻鏡』の内容・仕組み

Q では、その『韻鏡』の内容や仕組みについて説明してください。

A 『韻鏡』は三つの部分からなっています。第一は、『韻鏡』を刊行した張麟之の序文——第一刊と第三刊にみられます——、第二は『韻鏡』の解説を内容とする「序例」です。第三が本体で、四三枚の図表で構成されています。

その体系は陸法言の『切韻』(六〇一)――実際は『広韻』(一〇〇八)です――の体系をおおむね受けついでいます。『広韻』の二〇六韻が四三枚の図表に収まるように工夫され、配列されています。一つ一つの漢字の音は、図表に示された縦軸と横軸との交わる点で求められます。

では、縦軸と横軸とに分けて、それぞれについて説明します。まず縦軸ですが、縦軸には〈声母〉が置かれています。声母は、その調音点によって唇《しん》音・舌《ぜつ》音・牙《が》音・歯《し》音・喉《こう》音・半舌《はんぜつ》音・半歯《はんし》音の〈七音〉に分けられ、その七音はさらにそれが無声音か有声音かによって〈清〉と〈濁〉とに分けられます[13]。この七音と清・濁の組合せによって三六の字母が、その代表字すなわち〈三十六字母〉によって示されます。しかし、書影をご覧になっておわかりのように、『韻鏡』はこの字母の名前を直接それぞれの図表に示すことはしません。「序例」に一覧表としてみえるだけです。例えば、図表の「唇音の清」は〝幫《ほう》〟母に、「舌音の濁」は〝定《てい》〟母にあたります。ですから、必要があれば、少し面倒ですが、このように自分で読みかえなければなりません。

次に横軸ですが、そこには〈韻〉が置かれています。置かれる二〇六の韻は、まず平・上・去・入の四声に分けられ、さらに四声のそれぞれは、一等から四等までの〈四等〉――『韻鏡』には〈等〉の名前を記していませんが、〈等韻学〉ではこのように呼んでいます――に分かれます。韻はすべて、その音韻的特徴(主母音の広・狭など。一六九ページ、注11参照)によってどれかの〈等〉に配属されます。

韻には〈開口《かいこう》〉と〈合口《ごうこう》〉との別もあります。ごく大雑把に言えば、介母（一六七ページ、注2参照）に-u-があるのが合口、ないのが開口ですが、その表示は、各韻が配属されている四三枚の図表それぞれのはじめに記されています。

『韻鏡』はいまお話したような仕組みをもつ四三枚の図表に、『広韻』のすべての小韻（一三五ページ参照）の代表字、約三八九〇を、その字の音に相当する場所《ポジション》、つまり縦軸と横軸が交わる点に配置したものです。ですから、その置かれた場所からその字音をただちに知ることができるのです。

例えば、『広韻』では「徳紅切」という反切で示される「東」の字音は、書影でおわかりのように、一枚目の図表の舌音・清の軸――三十六字母の〃端〃母にあたります――と平声の〃東〃韻・一等欄とが交わるところに位置しています。反切では「徳紅切」と表記される「東」字は、『韻鏡』の体系にしたがえば、「端母・東韻開口・一等」のように表記されます。言ってみれば、これが「東」字の『韻鏡』での住所と言うことになります。端母はt-に、東韻開口・一等は-uŋ平と推定されることから、その交点に置かれる「東」の字音はtuŋ平と帰納されるのです。

これで韻図のはなしは終わります。

第3話

古代音の実相に迫る

——清朝の古代音研究

Ⅰ　古代音の復元にむかって

カールグレンの不朽の業績

これまで、中国古代の音韻を考えるときに基本となる文献資料〈韻書〉(反切と四声)と〈韻図〉を中心にお話をすすめてまいりました。ここからは、これらの資料を活用しながら、中国語の音韻が古代ではどのような姿をしていたのか、そしてそれらが、どのように移り変ってきたかを探るお話をします。

〝古代音の復元〟などと一口に言いますが、そこには部厚く高い壁《ハードル》が立ちはだかっていて、ことはそう簡単ではありません。アルファベットとはちがって、表音性の乏しい漢字が相手となると、その難しさは格段です。何しろ肝心《かんじん》の音韻の姿は漢字という覆い《ベール》のかげに隠されているわけですから。このようにして何千年ものあいだ、中国古代の音は、ひっそりと身を隠し、その姿を見せようとしませんでした。でも、そのベールがはがされる時がついにやってきました。まず、スウェーデンのベルンハルド・カールグレン(Bernhard Karlgren、一八八九〜一九七八、中国名：高本漢《カオベンハン》、図19)という学者によってです。カールグレンは〝中国語の音韻の歴史〟を解き明かそうと試みたのです。

彼はスウェーデンのウプサラ大学で近代的なヨーロッパの言語学を学び、音声学の訓練をうけました。はじめはノルド語の研究を志したようですが、兄のアントン（のち、スラブ語の教授）のすすめもあって中国語の研究に転じたそうです。もともと方言には興味をもっていて、一家の別荘のあったスモーランドの方言の音声記述をおこない、十代のおわりにはそれを発表しています。

一九一〇年、奨学金をもらって中国大陸に赴き、二四カ所にもおよぶ方言の調査をしました。一九一一年には辛亥《しんがい》革命がおこり、清朝が滅びるという時代でしたが、中国人とおなじ服装で召使いと馬だけをともない、中国北方の各地を方言を求めながら旅してまわったとのことです。現実に使用されている方言の調査は世界で初めての試みだったといわれます。

図 19　カールグレン

一九一二年にヨーロッパにもどったカールグレンは、一九一五年に不朽の名著とたたえられる『中国音韻学研究』（一九一五〜二六、原文はフランス語）を著わしました（一二六ページ参照）。これは、中国の現代諸方言、日本・朝鮮・ベトナムの外国漢字音、中国の音韻資料（韻書・韻図）を材料に、ヨーロッパで発達した〈比較文法〉（一四ページ参照）の方法によって考究し、『切韻』に反映されている音韻体系の復元を図った画期的なもので、中国語の音韻の歴史的研究の元祖となり、そして礎《いしずえ》ともなったのです。

カールグレンはこの『切韻』の音韻体系を Ancient Chinese と名づけましたが、これを中国でも日本でも〈中古音〉と訳しています。中国語の音韻史研究はこの中古音を基盤として、遡《さかのぼ》っては周・秦時代の〈上古音〉——これもカールグレンが名づけた Archaic Chinese の訳語です——を考え、降っては〈近古音〉〈近世音〉〈現代音〉へとその変遷をたどるのが一般です。これまでは〈中国の古代音〉というやや曖昧《あいまい》な呼びかたをしてきましたが、これからは必要に応じて〈中古音〉〈上古音〉と呼ぶことにします。

明・清の上古音研究

ところで、近代的な中国語の音韻史研究はカールグレンに始まる、といまお話しましたが、実はそれより先に、カールグレンのいう上古音の研究が中国でおこなわれていたのです。本格的には明《みん》代の顧炎武《こえんぶ》(九六ページ)からですが、清朝にはいると考証学《こうしょうがく》の一つとして上古音の研究がおおいにすすめられました。ここまでで、何か質問はありませんか。

Q 中古音の研究で重要な役割を果たす韻書や韻図は、隋・唐から宋の初めころまでに著わされた資料だとうかがいました。それより前に韻書や韻図のような頼れる資料がなかったとすれば、どうしようもないではありませんか。どのようにして上古音の研究ができたのでしょうか。

Ａ　確かにそこには資料面で大きな制約がありました。しかし幸いなことに次善の策が残されていたのです。その一つが『詩経』や『楚辞』——戦国時代の楚の詩歌集で、屈原《くつげん》（前三四三？～前二七七？）が主な作者といわれています——などの韻文です。

清朝の考証学者たちはこれらの資料にもとづいて研究をすすめ、みるべき成果をあげたのです。清朝の、中国人学者による上古音の研究——彼らはこれを〈古音学〉と呼んでいます——の成果もカールグレンは採りいれ、上古音の体系を築いたのでした。

上古音研究の背景

Ｑ　カールグレンに始まる近代的な音韻研究の背景には、ヨーロッパ言語学などとはまったく無縁の清朝でなされた研究があったのですね。清朝というと、乾隆《けんりゅう》帝とかアヘン戦争、ラスト・エンペラーなどしか思い浮かびませんでしたが、そのような研究もおこなわれていたとは驚きです。清朝の〈古音学〉とはどんなものですか。

Ａ　少しばかり堅苦しい話になるかもしれませんが、そのおおよそを紹介します。中国での言語研究、それはとりもなおさず漢字の研究にほかなりませんでしたが、清代に入ると目をみはるような進展をとげました。一九一一年、清朝が滅びるまでの二六〇年あまりの間に優れた学者が競うように登

図20　顧炎武

場し、訓詁学や文字学などいろいろな分野で成果をあげましたが、そこには進展のあと押しをする要因が二つほどあったと考えられます。

その一つは内的な要因で、顧炎武《こえんぶ》や戴震《たいしん》のような秀でた先輩がいて、〈古音学〉を新しい学問として開花させ実を結ばせたことだと思います。

清朝の言語研究は、経書《けいしょ》（儒教の経典）にみられる言語《ことば》の表現を重んじ、証拠を文献に求めながら一字一句の意味を実証的に明らかにする考証学がその中心を占めていました。〝実事《じつじ》求是《きゅうぜ》〟（事実にもとづいて真実を求める）を座右の銘《モットー》として清朝言語学の基礎を築いた顧炎武（図20）はこう述べています。

九経《きゅうけい》――『易経』『書経』『詩経』など儒教の九種の経典です――を読むのには文字の研究から始めねばならず、文字研究は音を知ることから始めねばならない。諸子百家――春秋・戦国時代の多くの学派（道家・墨家・法家・名家など）のことです――の書についても同じである。（「答李子徳書」、一部補筆）

また考証学の指導者の一人で、文字・音韻の著作もある銭大昕《せんたいきん》（一〇八ページ）は、古音研究の重要性についておおむね次のように語っています。

〔清朝より前の文字学者や訓詁学者たちは〕古音に通じていないために、往々にして声を捨てて義を求め、事実に合わないことを無理にこじつけている。〔宋代の文字学者で『説文解字』のテキストでも知られる〕徐鉉《じょげん》や徐鍇《じょかい》にしてもこれから免れることはできない。〔唐宋八大家の一人である〕王安石《おうあんせき》などは一層はなはだしい。（『潜研堂文集』巻二四、一部補筆）

中国の伝統的な言語研究は、これまでにもお話したように、漢字の形・音・義を対象とするものでした。これらはお互いに影響しあいながら発展してきたのですが、清に入って新しく生まれ、しかも見事な実を結んだのは〈古音学〉でした。さらに古音学で得られた成果は、ただ音韻の学を進展させただけではなく、文字学や訓詁学にも応用され、多くの難題の解決にとても有力な手がかりとなったのです。古音の研究が、清朝の言語学のすべてにわたって大進展をもたらしたと言ってもよろしいかと思います。

Q　では、清朝の言語研究を進展させたもう一つの要因は何なのでしょうか。

A　それは、いわば外的な条件とでも言えるものです。満州族がうちたてた清朝は、モンゴル族が支配した元朝とはちがって、弁髪などの習慣を押しつけながらも漢族の伝統文化を尊重し、護り育てることに力を注ぎました。その結果、清朝の文化は宮廷を中心とする首都の北京と、経済的にもっとも発展した長江下流（揚子江）を中心に目覚ましい繁栄をとげました。

歴代の皇帝のなかでも、広く知られているように、康熙《こうき》帝と乾隆《けんりゅう》帝は豊かな財政に支えられて数々の文化事業をおこないました。書籍について言えば、康熙帝は『康熙字典』、『佩文韻府《はいぶんいんぷ》』（熟語を韻によって配列した百科全書）、『五体清文鑑《ごたいしんぶんかん》』（部門別に満州語・チベット語・モンゴル語・ウイグル語・中国語を対照させた辞書）、『古今図書集成《ここんとしょしゅうせい》』（事項別の百科全書）を編集し、乾隆帝は『十三経注疏《じゅうさんぎょうちゅうそ》』（経典一三種の注釈書）と、三〇〇名あまりの学者を動員して古今の図書を集めた『四庫全書《しこぜんしょ》』を刊行しました。

当時はまた、マテオリッチやシャル・フォン・ベルをはじめ、イエズス会の宣教師たちによってヨーロッパの科学――数学・天文学・暦学・物理学・地理学・医学など――が中国にもたらされ、その実証的な科学の方法が中国の知識人に影響をあたえていた時でもありました。

このような政府の文化政策や図書・資料の整備、経済の発展、学術の交流、ヨーロッパの実証的な研究方法の影響、長年にわたる平和などの外的なプラス条件がかさなって、清朝での言語研究をささえる要因の一つとなったと思われます。清朝の言語研究は古代中国語の実相に迫ることを基本方針としました。その結果、音韻の学は古音の研究が主流を占めることになったのも自然のなりゆきでしょう。ちなみに、文字学は後漢の『説文解字』の研究が主体でした(14)。

Ⅱ 古音研究の夜明け

古音に目覚める

Q 中国で古音というものに対する自覚や反省などはいつごろ芽生えたのでしょうか。

A 先ほど、中国語の音韻史の研究は中古音を基盤とし、遡っては周秦時代の上古音へ、降っては近古・近世音へすすむとお話しました。それは、中古音を反映する『切韻』——実際は『広韻』で代用します——が現存の韻書ではもっとも古く、そして信頼できる資料だからです。

この中古音と上古音のちがいは音韻の体系のちがいだということをはじめて指摘したのは明代《みん》の陳《ちん》第《だい》(一五四一〜一六一七)だと言われています。中古音で『詩経』など先秦時代の韻文を読むと、韻が合わないことがしばしばあります。唐代の学者たちは、これを音韻の体系がちがうためと理解できませんでした。ところが陳第は、

思うに、時には古《いにしえ》と今、地には南と北のちがいがあるように、字が改まり、音が移り変るのは自

然の勢いのしからしめるところである。従って、今の音で古の作品を読めば、合わぬところがどうしても出てくる(『毛詩古音考』)のであり、(文字は)大篆・小篆から八分《はっぷん》、隷書へと何回も変化してきた。音が変らぬことなどありえようか。(『読詩拙言』、一部補筆)

のように述べて、『詩経』などの押韻は、その時代の音韻体系にしたがうものであることを示唆したのでした。このような見解が顧炎武《こえんぶ》に受けつがれ、清朝古音学の基礎を形づくるものとなったのです。

Q 陳第の見解を受けついで、顧炎武は古音についてどのような研究をしたのですか。

A 顧炎武は陳第の業績をふまえ、上古の文学作品にみられる押韻を整理して(この顧炎武をはじめとする諸説については、一二〇ページ〜一二一ページの「附表」参照)、古音の韻が一〇部に分かれることを示しました。つまり、上古の韻文では、中古とはちがった音韻の体系にもとづいて押韻していることを実証したのです。これを顧炎武の古韻〈十部説〉といいます。

顧氏の考えは、音韻に関する五種類の論文をまとめた『音学五書』にみられますが、その「後序」(一六八〇、「前序」は一六六六)で次のように述懐しています。

私がこの書物の編纂を始めてから、もはや三〇年になろうとする。旅した山河や辺境にも一日たりといえども自ら携えぬことはなかった。五度改稿し、手ずから写すこと三度にも及んだ。（中略）日は西に傾き、わが生涯も暮れかかろうとしている。そこで版に彫ることにした。

彼岸に旅する二年前のことでした。その顧炎武は『五書』の一つ『唐韻正』で『詩経』や『周易』から多くの例証を引いて注釈をくわえ、それから帰納して古音の韻が一〇部に整理できることを示したのです。

古音研究をめぐって

Q　言語《ことば》の音も時代とともに変る、ということを指摘したのはすごいと思います。そのような見方はそれまでになかったのですね。

A　古音についての反省と論議は六朝末の陸徳明《りくとくめい》（およそ五三〇〜六三〇ごろ）の『経典釈文《けいてんしゃくもん》』（五八三ごろ）——主な古典の本文を校定し、その用語について「音義」（用いられている語の音と意味の解釈）をつけた書です——が伝える〈協韻説《きょういんせつ》〉（「協」は「叶《きょう》」とも）にはじまるといわれます。『経典釈文』は『詩経』で押韻している「音」（『広韻』の〝侵〟韻字）、「南」（〝覃〟韻字）、「心」（〝侵〟韻字）の「南」字の下に注をつけて、字の本来の読み方（〝覃〟韻、カールグレンの復元音は -ậm）の如くに詠む。〔梁の〕沈重は句を協《あわ》せ、及林反（〝侵〟韻 -i̯əm）とすべきだという。

と述べています。つまり、この詩が作られてから約一〇〇〇年の間におこった音韻変化の結果、古音ではおなじ韻であった「音・南・心」が『経典釈文』が編まれた六朝のころまでに「南」だけがちがう韻になっていたのですが、六朝の人たちにはそれが理解できなかったのでしょう。ですから、このような議論がおこったのだと思います。陸徳明はつづけて、

いま思うに、古人は韻の区別が緩やかであり、〔〝覃〟韻 -ậm と〝侵〟韻 -i̯əm ほどのわずかなちがいは同じ韻と考えたのであるから〕特に発音を改めるには及ばない。

と言っています。これに対して沈重は、「南」を及林反（〝侵〟韻）と読みかえて（傍点は引用者）「音」「心」と韻を協《あわ》すべきだ、と考えたのです。このような、いわばその場に応じて韻字をほかと調和するように読みかえたのだ、というのが〈協韻説〉といわれるものです。

この協韻説について元の戴侗《たいとう》（生没年不明）の『六書故《りくしょこ》』（一三二〇）は、「上古の韻文でいつも協韻となるものは実は協韻ではなく、古の正音である」として協韻説を否定しましたが、この協韻を否定する

論が陳第によってつよく唱えられた結果、協韻説は陳第よりのちの古音学のなかでは消えてなくなりました。

Ⅲ 古音研究の開花

研究者、次々に登場

Q 清という時代に、なぜ古音の研究が生まれ盛んとなったのか、その背景がわかりました。やはり清朝におこった考証学という学問が大きく影響したのですね。では、清朝で古音の研究はどのように進められていったのでしょうか。

A 清代に入ると顧炎武の研究を継承する学者たちがつぎつぎと現われ、古音の研究はさらに精密になっていきました。ここで研究を進展させた人びとに登場してもらいましょう。清朝の古音研究のおおよそがこれでおわかりいただけるかと思います。これらはカールグレンに始まる近代的な研究の先駆けとなるもので、今日から見ると不十分な点はもちろんありますが、軽く見てはいけないと思います。近代の成果は、これら先人たちの業績をふまえて築かれたものなのですから。

では、年代順にその人と業績をかいつまんで紹介します。(15)

○ 江永《こうえい》(一六八一～一七六二、図21)、朱子《しゅし》――南宋の思想家で、四書を経書の中心におき朱子学を生

右：**図21**　江永
左：**図22**　戴震

みました——の故郷、安徽《あんき》省婺源《ぶげん》（いま江西省婺源県）の人で、経学・天文・楽律・音韻の学などに精通していて、その門から戴震《たいしん》をはじめ多くの考証学者が育ちました。音韻の分野では『四声切韻表』『音韻辨微』もありますが、戴震と共同して著わした『古音標準』は江永の古音研究の代表作です。江永は、顧炎武の分類を修正し、古韻〈十三部説〉を唱えました。

○　戴震（一七二三〜七七、図22）、安徽省休寧《きゅうねい》県の人で、二一歳のときに西洋の計算法を解説した『疇算《ちゅうさん》』を著わし、続いて『六書論』『爾雅文字考』『声韻考』『声類表』など文字学や音韻学の論文を発表し、はやくから名声の高かった学者です。古韻を七韻二〇部に分けることをはじめ主張しましたが、この世を去る一年前に九韻〈二十五部〉に改めています。

○ 孔広森《こうこうしん》（一七五二〜八六）、山東省曲阜《きょくふ》県の人で、孔子六十八世の孫だそうです。若いころから戴震に師事して経学を修め、乾隆三六年（一七七一）、二〇歳で科挙の進士に合格しました。戴震と同居したこともある姚鼐《ようだい》（一七三一〜一八一五）——安徽省桐城《とうじょう》県出身の古文字学者です——に「博学で詞章に巧である」とたたえられるほどの学者でしたが、惜しくも三五歳の若さで世を去ってしまいました。孔広森の古音学の著作には『詩声類』と『詩声分例』がありますが、孔氏は古韻を分けて〈十八部〉としました。

○ 王念孫《おうねんそん》（一七四四〜一八三二、図23）、江蘇省高郵《こうゆう》県の人です。四歳で『爾雅《じが》』——中国で最古の義書（訓詁の書）で前漢のころに成立したと推定されますが、著者は不明、古典の語を解説し、類義語や同義語をあげています。十三《じゅうさん》経《ぎょう》（儒教の基本的な経典一三種）の一つです——を学び、一三歳のときに戴震の教えをうけました。戴震が三四歳のときでした。それは一年にも満たないものでしたが、念孫の学

図23　王念孫

問の基礎は戴震によって築かれたと言われています。乾隆四〇年（一七七五）、三〇歳で進士に合格し、役人としていくつかの役職につきました。代表的な著述には、一〇年の歳月をかけて完成させた『広雅疏証《こうがそしょう》』一〇巻（一一二ページ）、『読書雑志《ざっし》』八二巻などがあります。

王念孫は段玉裁《だんぎょくさい》（次ページ以下）とほぼ同じころに古韻の研究にもしたがいました。古音学の著作には『詩経羣経楚辞韻譜』があり、古韻〈二十一部説〉を唱えています。

○ 江有誥《こうゆうこう》（一七七三〜一八五一）、安徽省歙《しょう》県の人です。はじめ独学で音韻学を学んだのですが、のちに段玉裁と親交を結び、嘉慶一七年（一八一二）には弟子となりました。主要な著作に『音学十書』があります。江有誥は段玉裁が論じた事がらをふまえ、『詩経』やその他の上古の韻文を調査した結果、古韻を〈二十一部〉に分けました。

嘉慶一七年（一八一二）、段玉裁は江有誥の『音学十書』の一つ、『詩経韻読』に序文を寄せて、この書は「精深にして奥深く、肌理《きめ》細か」く「音学の成果を集めて、前の五家〔顧炎武・江永・戴震・孔広森・段玉裁〕をみな補正した功績がある」とたたえています。

ところで、いままでたどってきた学史から言いますと、戴震と孔広森とのあいだに本来は位置すべき人に段玉裁がいます。ただ、段氏については少しばかり詳しく紹介したいと思ったので後回しにしました。

段玉裁——清朝古音学の第一人者

Q 段玉裁といえば、許慎の『説文解字』の注釈で知られる考証学者ですね(図24)。先ほどのお話では、清朝の文字学は『説文解字』の研究が主流だったということでしたが……。

A そうです。その研究書は一〇〇を越え、研究者も二〇〇名以上にものぼったといわれます。このような多くの業績の中から、もし一つを選ぶとしたら、それは段玉裁の『説文解字注』ではないでしょうか。その段氏は、古音学についても見事な仕事をなしとげているのです。段氏にとって『説文解字注』と古音の研究は表裏一体をなすものだったのです。

段玉裁、字を若膺《じゃくよう》、号を懋堂《もどう》または茂堂《もどう》といいます。世宗の雍正《ようせい》一三年(一七三五)、江蘇省鎮江《ちんこう》府金壇《きんだん》県に生まれました。段家は読書人の家系でした。嘉慶二〇年(一八一五)九月八日、八一歳でこの世を去るまで、玉裁は学究の道をひたすら歩みつづけました(16)。

図24　段玉裁

乾隆一二年(一七四七)・一三歳科挙の予備試験にあたる童試《どうし》に合格し、生員《せいいん》(国立学校の生徒)(17)となります。このとき玉裁は「四書五経」のすべてを暗唱するほどだったといいます。江蘇省の学政《がくせい》――各省の学務や科挙の予備試験のことを司る役人です――であった尹会一《いんかいいち》（朱子学者）は父の世続《せいぞく》を呼んで、「この子はかならず大器になる。おおいに才能を伸ばすように」と励まし、『朱子小学』という書物を贈ったそうです。このころ玉裁はすでに音韻や文字の学問を好むようになっていたと、のちに戴震に宛てた手紙（乾隆四〇年一〇月）で述べています。

乾隆二五年（一七六〇）・二六歳　江蘇省の郷試《きょうし》に及第し、挙人《きょじん》[18]となります。やがて首都北京にでて、郷試の実施責任者で、ときの刑部侍郎《けいぶじろう》（法務次官）であった銭汝誠《せんじょせい》の家に寄宿し、会試《かいし》[19]受験の準備をはじめます。このとき銭氏の家で顧炎武の『音学五書』を見ることができ、その考証の広さに驚嘆しました。この書との出会いが、玉裁に音韻の研究を決意させたようです。

乾隆二六年（一七六一）・二七歳　北京で会試がおこなわれました。玉裁はその試験に挑んだのですが不合格におわりました。会試がおこなわれるのは三年に一回です。玉裁はそのまま北京にとどまり、国立学校の教師となって次の機会をまつことにしました。

乾隆二八年（一七六三）・二九歳　玉裁が生涯にわたって師と仰いだ戴震に会い、弟子の礼をとります。それからのち、二人が音韻について論じあうこと、戴震が五五歳でなくなるまで一五年におよびました。

乾隆三一年（一七六六）・三二歳　会試にふたたび挑戦、不合格におわります。

乾隆三二年（一七六七）・三三歳　五月はじめに故郷の金壇に帰ります。金壇に戻った玉裁は弟の玉《ぎょく》成《せい》といっしょに『詩経』の押韻の調査をおこない、顧炎武の古韻〈十部説〉と江永の〈十三部説〉には不十分なところがあるとして、『詩経』のほか先秦の韻文も詳しく調べて『詩経均譜《いんぷ》』と『羣経均譜《ぐんけいいんぷ》』を著わし、古韻〈十七部説〉を唱えたのです。古音研究のはじまりです。

乾隆三四年(一七六九)・三五歳　ふたたび北京におもむき会試に挑んだのですが、今回も失敗でした。この年の冬、彼は北京の蓮花菴《れんかあん》に閉じこもり、邵晋涵《しょうしんかん》(一七四三〜九六)――浙江省余姚《よよう》県の人で、乾隆三六年(一七七一)の進士です。『四庫全書』の纂修官になりましたが、『四庫全書』の編集をした四庫全書館では、経学は戴震、史学は邵晋涵が第一といわれるほどでした――たちの助けを借りながら『詩経均譜』と『羣経均譜』の注釈の書きあげに努めました。

乾隆三五年(一七七〇)・三六歳　両『均譜』の注釈が完成しました。

乾隆四〇年(一七七五)・四一歳　公務(四川省富順県の知事)で忙しいなか、両『均譜』の改訂をおこない、九月には書物として完成させます。書名を改めて『六書音均表《りくしょおんいんひょう》』としました(図25)。玉裁古音学の集大成です。

『六書音均表』――段氏古音学の結晶

Q　質問があります。『均譜』の「均《いん》」、『六書音均表』の「均《いん》」字の読みが気になるのですが……。音はキンではないでしょうか。

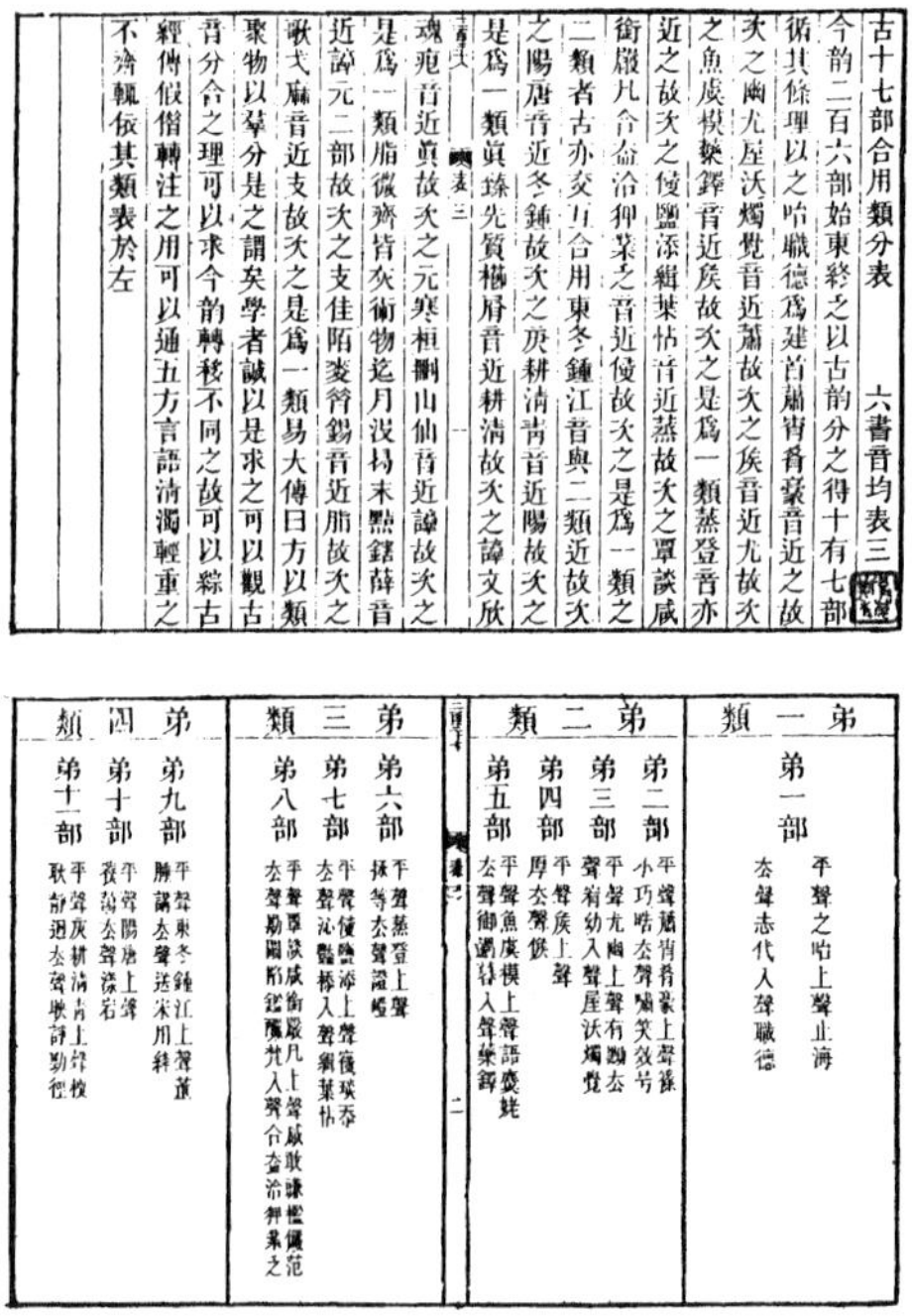

古十七部合用類分表　六書音均表三
今韵二百六部始東終乏以古韵分之得十有七部循其條理以之咍職徳爲建首蕭宵肴豪音近之故次之幽尤屋沃燭覺音近蕭故次之侯音近尤故次之魚虞模藥鐸音近侯故次之是爲一類蒸登音亦近之故次之侵鹽添緝葉怗音近蒸故次之覃談咸銜嚴凡合盍洽狎業乏音近侵故次之是爲一類之二類者古亦交互合用東冬鍾江音與二類近故次之陽唐音近冬鍾故次之庚耕清青音近陽故次之是爲一類眞臻先質櫛屑音近耕清故次之諄文欣魂痕音近眞故次之元寒桓刪山仙音近諄故次之是爲一類脂微齊皆灰術物迄月没曷末黠鎋薛音近諄元二部故次之支佳陌麥昔錫音近脂故次之歌戈麻音近支故次之是爲一類易大傳曰方以類聚物以羣分是之謂矣學者誠以是求之可以觀古音分合之理可以求今韵轉移不同之故可以綜古經傳假借轉注之用可以通五方言語清濁輕重之不齊輒依其類表於左

第一類
第一部　平聲之咍上聲止海去聲志代入聲職德

第二類
第二部　平聲蕭宵肴豪上聲篠小巧晧去聲嘯笑效号
第三部　平聲尤幽上聲有黝去聲宥幼入聲屋沃燭覺
第四部　平聲侯上聲厚去聲候
第五部　平聲魚虞模上聲語麌姥去聲御遇暮入聲藥鐸

第三類
第六部　平聲蒸登上聲拯等去聲證嶝
第七部　平聲侵鹽添上聲寑琰忝去聲沁豔㮇入聲緝葉怗
第八部　平聲覃談咸銜嚴凡上聲感敢豏檻儼范去聲勘闞陷鑑釅梵入聲合盍洽狎業之

第四類
第九部　平聲東冬鍾江上聲董腫講去聲送宋用絳
第十部　平聲陽唐上聲養蕩去聲漾宕
第十一部　平聲庚耕清青上聲梗耿靜迥去聲映諍勁徑

図25 『六書音均表』

A　説明が足りませんでした。実はこの字は「平均《へいきん》」「均等《きんとう》」など〃ひとしい〃〃ひとしくする〃を意味する「均《きん》」ではなく、「韻《いん》」や「韵《いん》」とおなじ字なのです。「均」と「韵」は〈古今字《ここんじ》〉であると段玉裁がこの本の序で言っています。古今字とは、〃古《いにしえ》と今とでは字の形はちがっているが、その意味内容はおなじ文字〃をいいます。玉裁が心血を注いで注釈した『説文解字』には「韻」字も「韵」字も載っていません。そこで玉裁は『説文解字』にある文字「均」を使ったのです。

Q　わかりました。では、その『音均表』の内容について説明してください。

A　この『音均表』は五種類の表からできています。

第一は「今韵《きんいん》古今十七部表」です。今韵とは『広韻』に反映している音韻のことで、『広韻』の二〇六韻は古では一七部に分かれていたことを説いています。

第二は「古十七部諧声《かいせい》表」です。形声文字について、その声符の部分、つまり諧声(形声)符だけを一七部に分けて並べ、おなじ諧声符をもつ字は、みなおなじ古韻の部に属することを証明しています。

第三は「古十七部合用類分表」です。古韻十七部を六部に分けて説明しています。

第四は「詩経韵分十七部表」です。『詩経』の押韻が明確に一七部に分かれていることを証明しています。

第五は「羣経韻分十七部表」です。『詩経』以外の押韻例を傍証の例として示しています。

その年の一〇月、玉裁は『六書音均表』の一部を清書して戴震に送り、批判と序文をお願いする手紙を書きましたが、そのなかで玉裁は『六書音均表』を著わした理由について、おおよそ次のように述べています。

十七部とは音均(音韻)であります。音韻が明らかになれば六書も明らかとなります。六書が明らかになれば、古い経や伝(経書とその注釈)にわからぬところはなくなります。私めがこの書物を著わしたのは、研究者がこの理に従って仮借・転注を理解し、古い経・伝についての疑問が解明できればと思ってのことでありました。

嘉慶二〇年(一八一五)・八一歳　心血を注いだ『説文解字注』全六巻の刊行が完了、九月八日、段玉裁は泉下の人となりました。北京にあってそのことを知った王念孫は、「若膺《じゃくよう》が死んだ。ついに天下に学者がいなくなった」と号泣したと伝えられています。

声母を探る――銭大昕の新発見――

Q　ところで、今までうかがった古音の研究は、すべて韻部についてでしたが、声母はなおざりにされていたのですか。

A　古韻の声母の問題については、研究の条件が韻部ほど整っていませんでした。古音の韻部の研究には多くの韻文資料という裏付けがありました。しかし声母のこととなると、研究の拠りどころとなる資料は、せいぜい形声文字を形づくっている偏《へん》や旁《つくり》(江の「工《コウ》」、和の「禾《カ》」など)の声符などにすぎません。このような資料面の制約もあってでしょう、清朝の学者によってとくに論じられることはありませんでした。ただここに、古音の声母について論じた学者が一人いました。その人とは、段玉裁の『詩経均譜』を高く評価し、その巻頭に序文を寄せた銭大昕《せんたいきん》です。

銭大昕(一七二八～一八〇四、図26)、江蘇省嘉定《かてい》県の人です。乾隆一六年(一七五一)、二四歳のときに挙人となり、宮中の文書を扱う役人として都に出ました。任務の合間にヨーロッパの数学や地理などを学びながら中国伝統の天文学や数学を研究しました。乾隆一九年(一七五四)、会試《かいし》に合格、殿試《でんし》(20)を経て翰林院書吉士《かんりんいんしょきっし》——科挙に優等で及第した者がつく官名です——になりました。乾隆三九年(一七七四)に広東に学政——中央から省に派遣され、生員の試験を司る役人です——として着任したのですが、その翌年、父の訃報を受けて帰郷したのちは任官しないで、各地の書院(学説や学問を教授した在野の機関)に院長として招かれ、のちに蘇州の紫陽学院で亡くなるまで多くの後進を育てました。著書に『十駕齋養新録《じゅうがさいようしんろく》』二〇巻、『二十二史考異』一〇〇巻のほか、『恒言録《こうげんろく》』『声類』など、文字や音韻学の著作もあります。

銭大昕はきわめて限られた資料を研究し、そこから得られた例証をもとに発見したのが次の二点です。

図 26　銭大昕

その一は、上古の声母に〈軽《けい》唇音《しんおん》〉——現代中国語でいえばf-系の声母、三十六字母の〈非・敷・奉・微〉です(一五六ページ参照)——はなく、唇音はすべて〈重唇音《じゅうしんおん》〉——現代中国語でいえばp-系の声母、三十六字母の

〈幫・滂・並・明〉です（一五六ページ参照）――であった、ということです（「古無軽唇音」『十駕齋養新録』巻五、所収）。

その二は、上古には〈舌上音《ぜつじょうおん》〉――現代中国語でいえば、そり舌音のzh-系の声母、三十六字母の〈知・徹・澄・娘〉（一五六ページ参照）――はなく、舌音はすべて〈舌頭音《ぜっとうおん》〉――現代中国語でいえばt-系の声母、三十六字母の〈端・透・定・泥〉（一五六ページ参照）――であった、ということです（「舌頭類隔之説不可信」『十駕齋養新録』巻五、所収）。

この発見は中国語の音韻史研究に新しい知見をもたらしました。唇音と舌音で指摘されたこの区別についての見解は、今日では定説となっています。

古音の研究とことばの探究

Q 清朝の学者たちが、これほどまでに古音の研究に力を注いでいたとは思ってもみませんでした。それに、その背景には顧炎武の「文字の研究は音を知ることから始めねばならぬ」という一言からもうかがえるような、新しい文字観があったことに驚きました。大きな変革ですね。

A そうですね。これまでの漢字と向き合う姿勢に、大げさかもしれませんが、コペルニクス的転回をみるような感じさえうけます。漢字は、前にお話したように、〈形〉〈音〉〈義〉という三つの要素からなっています。そもそもことばとは、意味（義）とそれに対応する音声（音）とが結びついたものですね。文字(形)はそのことばを表記する符号にすぎません。ですから、ことばの意味の研究とは、その文字に覆い隠されていることばの探究のはずです。しかし、中国での伝統的な訓詁学は〝漢字が意味を表わす〟という理解にさまたげられて、ことばを直接の研究対象とすることはありませんでした。ところが時代がかわって清朝になると、新しい視点に立った古音研究が行われるようになったのです。段玉裁は次のように述べています。

聖人が文字を定めたのは、まず義があって後に音があり、音があって然る後に形がある。それ故、学者が文字を研究するには、形に因ってその音を得、音によってその義を得るのである。経学の研究は義を得ることが最も重要であるが、義を得るためには音を得ることほど重要なものはない。
(王念孫『広雅疏証』に寄せた序の一部)

このような「因声求義《いんせいきゅうぎ》」(文字の形ではなく音に因って意味を求める)をモットーとする段玉裁や王念孫たちによって古来の伝統は打ち破られ、音にもとづいた新しい語義や語源の研究が誕生したのです[21]。

Q　段玉裁たちの古音研究が、ただの音韻の研究にとどまるものではなかったということですね。ところで、新しく生まれた古音研究の成果は、文字やことばの探究にも活かされたのでしょうか。

A　はい。とくに語義の研究に見るべきものがあります。ここではそれらの代表として、「因声求義」を実践した王念孫の『広雅疏証』一〇巻（一七九五成）——魏・張揖《ちょうゆう》『広雅』三巻の注釈書で、念孫が四四歳のときに起稿し、「全勢力を尽し、考慮を重ね」（自序）、一〇年の歳月をかけて書きあげた著述です——であつかわれている語の一つについて紹介しましょう。

『楚辞・離騒』に「狐疑」という語がみえます。従来は〝狐のように疑い深い〟と解されていました。しかし、これは「嫌疑」などとともに、二字の声母がおなじ〈双声語〉（五二ページ参照）——ふつう漢字は、その一つ一つが一音節の語として固有の意味をもっていますが、なかには二音節（二つの漢字）を連ねてはじめて一つの語（一つの意味）となるもの、いわゆる〈連綿語《れんめんご》〉があります。双声語はその一種です[22]——であって、その意味もただの〝疑う〟であり「狐疑」という語の成立に〝狐の疑い深い性格〟はかかわっていない、と念孫は解釈したのです。そして彼は次のように述べています。

　そもそも双声の字は元来その声音によって義を求めるべきで、これを字形に求めていては、その説が牽強付会《けんきょうふかい》（無理なこじつけ）の多くなるのは至極当然である。

この一例からもおわかりのように、字形の束縛から離れた王念孫は、古音研究の成果を武器に、先輩たちが解けなかった数多くの問題の解決に挑んだのでした。

IV　中古音の探究

陳澧と〈反切系聯法〉

Q　ところで、清朝の音韻研究は、もっぱら古音を対象としていたようですが、いわゆる〈中古音〉はその対象にならなかったのですか。先ほどの段玉裁『六書音均表』の「今韵古今十七部表」では古音を『広韻』の二〇六韻と対照させていましたが……。

A　清朝では、ご指摘のように古音の研究が主でした。それは、清朝の考証学という学問が、証拠を古い文献に求めていたからだと思われます。カールグレンのいう中古音を清朝の学者たちは〈今音《きんおん》〉と呼びました。〈今音学〉――カールグレンのいう中古音研究――に、清朝のはじめのころは見るべきものはありません。つづく乾隆《けんりゅう》・嘉慶《かけい》の時代(一七三五〜一八二〇)は清朝言語学の全盛時代といわれますが、そのころの考証学者の関心は古音に集中していて、今音の研究を手がけたのはわずか江永と戴震の二名にすぎません。彼らは『広韻』を研究の対象としたのですが、残念ながらその体系にせまる全面的な研究には、なおほど遠いものでした。

そして江永から一〇〇年後の清末に、はじめて『広韻』について全面的な研究をくりひろげた学者が登場しました。陳澧《ちんれい》がその人です。

図27　陳澧

陳澧（一八一〇～八二、図27）は広東省広州市の人で、道光一二年（一八三二）の挙人《きょじん》（一七〇ページ、注15参照）です。その学問はとても博《ひろ》く、天文地理・楽律・算術・修辞などを研究しましたが、音韻学に関する『切韻考《せついんこう》』五巻（一八四二自序）と『切韻考外篇《がいへん》』三巻（一八七九自序）は、清代の今音学を代表する著述です。この両書は陳氏が二八歳のときから五年の歳月をかけて完成させたものですが、陳氏はこの書でそれまでに見られなかった方法を考えだし、実行してその成果を報告したのです。

Q　陳澧が考えだした新しい方法とは、どのようなものですか。

A　その方法を〈反切系聯《けいれん》法〉といいます。何だか難しそうに聞こえますが、そんなことはありません。「系」も「聯」も基本的には〝つなぐ〟〝つながる〟を意味する語です。この二語を合わせた「系聯」とは〝つながりをもった仲間《グループ》を一まとめにする〟ということです。

『広韻』には多くの反切が記されています。でもそれらは〝てんでんばらばら〟で、反切の上字あるいは下字として用いられている多くの文字たちが、はたして何種類にまとめられるのか、つまり、上字が表わしている声母と、下字が表わしている韻母が全体でいくつあるのか、まったく見当がつきません。そこでその数を知るために、反切のすべてを上字と下字ごとに整理して、同じグループと認められるものを一まとめにしようという試みが陳澧によってなされたのです。その方法が〈反切系聯法〉と呼ばれるものです。

Q　陳澧は、いったいどのような方法を考えだしたのですか。

A　陳澧は反切に用いられている漢字(反切用字)の整理をはじめるにあたって、まず反切の仕組みに着目したのです。すでにお話したように、反切という表音法の特徴は、反切の帰字と上字とは双声の、帰字と下字とは畳韻の関係にあります(五六ページ参照)。このことが陳澧に大きなヒントをあたえたのです。

例えば、ここに二つの反切があります。㈠「冬　都宗切」と㈡「当　都郎切」です。この二つの反切を見比べてみてください。二つの反切の上字はどちらも「都」ですね。㈠の帰字「冬」は上字「都」と双声、つまり同じ声母をもち、㈡の帰字「当」も上字「都」と双声の関係にあります。ですから、同じ「都」を上字とする㈠の帰字の「冬」と㈡の帰字の「当」は、字面《じづら》はちがいますが声母は同じということになります。つまり「都・冬・当」の三字は、声母に関して同じ仲間《グループ》だということになりますね。

Q 今のは声母に関してのお話でしたが、韻母についてもまったく同じですか。

A はい、同じです。では別の二例、㈢「東　徳紅切」と㈣「公　古紅切」で韻母についてお話しましょう。二つの反切の下字はどちらも「紅」ですね。㈢の帰字「東」は下字「紅」と畳韻、つまり同じ韻母をもち、㈣の帰字「公」も下字「紅」と畳韻の関係にあります。ですから、同じ「紅」を下字とする㈢の帰字「東」と㈣の帰字「公」は字面はちがいますが韻母は同じ、つまり「紅・東・公」の三字は韻母に関して同じ仲間《グループ》ということになります。このことに気づいた陳澧はハタと膝をたたいたのではないでしょうか。そして反切を整理するにあたって、このような〝反切の用字を系聯させ、分類する方法〟を採用したのです。

〈正例〉と〈変例〉

Q なるほど、陳澧はいいところに目をつけましたね。では、その方法の全体を説明してください。

A 反切系聯法には、のちの人が〈正例《せいれい》〉〈変例《へんれい》〉と呼ぶ二種類があります。まず〈正例〉からお話しします。正例というのは、一言でいえば、反切用字の整理にたずさわる人が、主観をいっさい交えないで、ひたすら客観的にすすめた作業の結果、得られる例のことです。この正例には〈同用《どうよう》〉〈互用《ごよう》〉〈逓用《ていよう》〉という三つがあります。『切韻考』巻一の〈条例〉にそれぞれの例があげられていますので、それらによって説明します（ただし、例の呈示の仕方はちがっています。陳澧は矢印などは用いていません）。まず〈同用〉からみてみましょう。例をご覧ください。

（声母の例）

冬←都宗切

↑　↓

当　都郎切

（韻母の例）

東←徳紅切

↑　↓

公　古紅切

同用というのは、いま、例としてお話ししましたが、二つ以上の帰字が同じ上字（声母の場合）、または下字（韻母の場合）をとるとき、この二つ以上の帰字を上字または下字を仲だちとして連ねていく、つまり〝系聯させていく〟方法です。右の例によれば、声母の場合、帰字の「冬」と「当」は、上字の「都」を仲だちとして、また韻母の場合は、帰字の「東」と「公」は下字の「紅」を仲だちとして連なるので、「冬・当・都」（声母）、「東・公・紅」（韻母）のそれぞれは同じ類《グループ》ということになります。

つぎは〈互用〉です。

（声母の例）

当　都郎切

都　当孤切

（韻母の例）

公　古紅切

紅　戸公切

互用というのは、二字がお互いに帰字と上字、または帰字と下字の関係にたつ場合で、上の例によれば「当・都」(声母)、「公・紅」(韻母)のそれぞれが同じ類であることが証明されます。

おわりは〈逓用〉です。逓用とは、「逓」字が〝次つぎに伝えていく〟ことを意味することからもおわかりかと思いますが、順を追っていくつかの上字、あるいは下字が、次には帰字として用いられる場合のことです。

(声母の例)
冬→都宗切
都→当孤切

(韻母の例)
東　徳紅切
紅　戸公切

右の例によれば、「冬・都・当」(声母)、「東・紅・公」(韻母)はこの順に連なり、それぞれが同じ類《グループ》であることが証明される、というわけです。

以上がいわゆる〈正例〉です。しかし実際は、正例という方法だけでは処理できない反切もでてきます。なぜなら、反切で用いられる文字はあらかじめ〝系聯〟という作業を予想して選ばれたものではないからです。ですから、本当は同じ類の声母、あるいは韻母の用字であっても、〈同用〉〈互用〉〈逓用〉のどれにも組み入れられず、そのためそれぞれが結びつかない、つまり〝系聯〟しないこともおこります。そうすると、本来は一つであるはずの声類あるいは韻類が二つ以上に分かれてしまうことや、あるいはそれとは反対に、不規則な、または誤った反切用字のために、本来は別々の声類、韻類の字であるのに、同じ声類、韻類として〝系聯〟してしまうことも考えられます。

そこで、このような不都合をできるだけ避けるために考えだされたのが〈変例〉と呼ばれる手段です。反切を系聯法にしたがって整理する際に、この反切用字はおかしい、あるいは誤記か、などと疑われるとき、その作業にたずさわった人が、自分の判断にもとづいてその用字を改めるなどの手をくわえるのです。しかし、そこにははっきりとした客観的な判断基準というものがないので、問題は少なからず残されてしまいました。先ほどお話したように、陳澧は反切用字を系聯させ整理した結果として声類を四〇、韻類を三一一にまとめたのですが、その後の研究者によって同じ方法で得られた結果は、みな多少ちがっています。それは〈変例〉を適用するときの判断が研究者それぞれによってちがうためなのです。

陳澧による反切の整理は、細かい点については問題を残しましたが、未開拓であった中古音の研究に大変貢献しました。この作業で中古音のおおよその枠組みは明らかになったのです。でも、それらがはたしてどのような体系を形づくっていたのか、一つ一つの声母や韻母がどのように発音されていたのかは、わかりません。清朝の音韻学の限界はここにありました。それらの解明にはもう少し時間が必要でした。

附表　上古韻部分類・変遷一覧表

顧炎武（十部説）	江永（十三部説）	段玉裁（十七部説）	戴震（二十五部説）	孔広森（十八部説）	王念孫（二十一部説）	江有誥（二十一部説）
				5 東		15 東
1 東	1 東屋	9 東（入）	7 翁		1 東	
				6 冬		16 中
		16 支（入）	14 娃 15 戹	11 支（入）	11 支（入）	7 支（入）
2 支（入）	2 支	15 脂（入）	17 衣 18 乙	12 脂（入）	13 脂 12 至	8 支（入）
		1 之（入）	5 噫 6 億	17 之（入）	17 之（入）	1 之（入）
			20 靄 21 遏		14 祭	9 祭
3 魚（入）	3 魚	5 魚（入）	2 烏 3 堊	13 魚（入）	18 魚（入）	5 魚
		12 真			7 真	12 真
	4 真質		16 殷	3 辰		
4 真		13 文			8 諄	11 文
	5 元月	14 元	19 安	1 原	9 元	10 元
	6 蕭	2 宵	11 夭 12 約	16 宵（入）	21 宵（入）	3 宵（入）
5 蕭（入）		3 尤		15 幽（入）	20 幽（入）	2 幽（入）
	11 尤	（入）	8 謳 9 屋			

	6歌	7陽	8耕	9蒸	10侵（入）		平10 入4	14
	7歌	8陽 薬	9耕 麦	10蒸 職	12侵 緝	13談 合	平13 入8	21
4侯	17歌	10陽	11耕	6蒸	7侵（入）	8覃（入）	平17 入8	25
	1阿	10央	13嬰	4膺	22音 23邑	24醃 25諜	平16 入9	25
14侯（入）	10歌	4陽	2丁	8蒸	7侵	9談 18合	平17 入8	25
19侯（入）	10歌	5陽	6耕	2蒸	3侵 16緝	4談 15盍	平17 去入10	27
4侯（入）	6歌	14陽	13耕	17蒸	18侵 21緝	19談 20葉	平18 去入10	28

○本表は、拙著『中国言語学史（増訂版）』（汲古書院、一九九八）より転載したものです。

第4話

古代音を復元する

——杜牧「江南春」を唐代音で読む

I　近代的な古代音研究への旅立ち

歴史語言研究所の創設

一九一一年、康熙《こうき》・乾隆《けんりゅう》の世を誇った清朝もついに滅び、数千年もつづいた王朝政治は終りを告げることになりました。一九一九年、いわゆる五四運動——第一次世界大戦後、日本の要求を受け入れた政府を糾弾するために一九一九年五月四日にはじまった運動です——が起り、これをきっかけとして中国は近代化に向かって歩みはじめました。その一つに〝国故〟——中国の古典文化を、西洋の学問の方法によって整理し再検討しようという〝国故整理運動〟のこと——があります。

この新しい文化運動は言語の研究にも大きな変革をもたらしました。それは、なによりも、ヨーロッパで生まれ育った近代的な〝言語学〟という学問の方法を学びとることでした。その結果、それまでは〈反切〉や詩文の〈押韻〉、〈形声（諧声）〉文字の整理などにとどまっていた研究が、驚くほどの変容をとげたのです。これまでまったく顧みられなかった〈文法〉というものの研究がはじまり、現代諸方言の〈記述〉的な研究や殷代の〈甲骨文〉、周代の〈金文〉などの研究も盛んとなりました。

ご質問をどうぞ。

Q　中国に近代的な言語研究の夜明けが訪れたのですね。

A　そうです。一九二八年、中国に中央研究院歴史語言研究所という機関が国家の手によって創設されました。いくつかの班で組織されていましたが、その一つが「言語班」でした。この「言語班」のメンバーは少数でしたけれど、だれもが近代的な言語学の訓練をうけた研究者たちでした。彼らは計画的に中国の言語――それは、漢語(漢民族の言語)、漢蔵《シナ・チベット》語族(Sino-Tibetan Family)の言語、アルタイ系の言語、歴史の上で中国と密接な関係のあった民族の言語などをカバーしています――についての研究を精力的にすすめ、中国での言語学研究の主流として輝かしい成果を生みだしました。

　この「言語班」が初めに手がけた仕事は、ほかでもない、あのカールグレンがストックホルムの極東古代博物館の紀要に四回に分けて発表したEtudes sur la phonologie chinoise. vol. I. II. III (1915, 16, 19), vol. IV (1926、北京影印《リプリント》合本、一九四一)という論文の翻訳でした。この論文は『中国音韻学研究』という書名ですでに紹介しましたが(八九ページ参照)、この業績は、その後の中国語音韻史研究の基礎と方向を定めた画期的なものです。「言語班」の研究者たちは、まずこの論文を翻訳することによって、『切韻』の音韻体系の復元の基礎となった〈比較文法〉(一四ページ参照)というものを理解し、その方法を学ぼうとしたのでした。

カールグレンの『中国音韻学研究』

Q カールグレンの『中国音韻学研究』の内容についてお話ください。

A この論文はその後の音韻史研究の確かな土台となり、次の段階への歩みを導いたものですから、皆さんにもその内容を知っておいてほしいと思います。

第一巻〈中古漢語〉(l'ancient chinoise)は、『切韻』(『広韻』)の反切によって知ることのできる言語(五〇〇〜六〇〇)を〝中古漢語〟と定義し、この韻書と宋代に編まれた韻図(『切韻指掌《ししょう》図』と『切韻指南』)から推定した〝中古漢語〟の音韻体系——以下、〈中古音〉と呼びます——を論じて、資料とする三〇〇〇あまりの漢字を声母と韻母表のなかに配列して示しています。

第二巻〈現代諸方言の記述音声論〉(phonetique descriptive des dialects modernes)では、一般音声学の基礎的な概念を説明し、日本・朝鮮・ベトナムの漢字音、現代中国の諸方言の音声を記述しています。

第三巻〈史的研究〉(études historique)は、この著述の中心となる部分で、第一巻と第二巻で示した基礎的な事がらを踏まえ、〈比較文法〉の方法にもとづいて中古音の声母と韻母の音価(実際の発音)を推定し、また中古音から現代の諸方言へどのように変化していったか、その様相を説いています。

第四巻〈方言字典〉(dictionnaire)は、この書で資料とした漢字について、二六の現代方言の発音(ただし、声調は記されていません)と外国漢字音を、推定した中古音といっしょに記載しています。

以上が内容です。先ほどもお話したように、清朝のころには陳澧たちによって中古音の整理もおこなわれてはいました(一一三ページ参照)。しかしそれは、理論的にヨーロッパの近代的な言語学の方法にとても太刀打ちできるものではありませんでした。カールグレンは音声学や音韻の歴史の原理にもとづき、そして伝統的な中国の音韻学があげた成果の上にたちながら言語学的に中古音を復元してみせたのです。

Q そのことを知った中国の学者たちの驚きはいかばかりだったでしょうか。なにしろ自分たちの祖先が話していた言語の音がどんなであったかが、しかも外国人によってそのベールがはがされたのですから。

A たいへんなショックを受けたと思います。カールグレンの論文が発表されると、すぐさまそれを教材とした講義が北京大学でおこなわれたそうですし、この書の全面的な翻訳が早速なされたことをみても想像できます。その訳者は、すぐれた言語学者として有名な趙元任《ちょうげんじん》(一八九二〜一九八二)、羅《ら》常培《じょうばい》(一八九九〜一九五八)、李方桂《りほうけい》(一九〇二〜八七)の三氏でした。そしてこの翻訳で注意したいのは、それがただの翻訳ではなかったということです。三氏はカールグレンと緊密な連絡をとりあいながら内容そのものを検討し、カールグレンの誤りを正して補注をつけ、さらに原著では音声記号としてスウェーデン式の字母を用いていたのですが、それを国際音声字母に改めたのです。このように内容・

形式ともに修正され増補された訳注は、一九三一年秋に着手されましたが、いわゆる満州事変の影響もあってでしょうか、それから九年もたった一九四〇年――汪兆銘《おうちょうめい》が南京に国民政府を樹立し、翌四一年には太平洋戦争が始まりました――の秋に、長沙（いま湖南省の省都）商務印書館から『中国音韻学研究』（台湾商務印書館影印本、一九六三）の書名で出版されました。

カールグレンと並称されるマスペロ

Q ところで、カールグレン説に対する批判や反論はなかったのですか。

A カールグレンの Etudes の第三巻が発表された翌一九二〇年のことです。その内容に反論したのがマスペロ（Henri Maspero、一八八三〜一九四五、図28）でした。カールグレンは中国留学から帰国の途中、一九一二年から一四年までパリに滞在しましたが、そのとき知り合いとなり、カールグレンはおおいに啓発されたといいます。マスペロの論文「安南《ベトナム》語音韻史研究」（一九一二、原文はフランス語[23]）はカールグレンの方法論に大きな影響をあたえたと言われています。

そのマスペロは「唐代長安語音考」（一九二〇、原文はフランス語[24]）で、カールグレンが復元した『切韻』の音韻の組織が、カールグレンの述べるように、そのまま隋代の音には合致しないことや朝鮮漢字音の由来についても論じ、カールグレンの所論を批判したのでした。これに答えてカールグレンは「中古漢語の再構」（一九二二、原文は英語[25]）を発表し、自説の一部をマスペロにしたがって訂正しました。

カールグレンは自説に対する批判や修正案など頑《かたく》なと思われるほど受けいれませんでしたが、マスペロ(ほかには李方桂)の説には従うところがありました。この論文はすぐさま林語堂《りんごどう》(一八九五〜一九七六)によって中国語に訳されました。「答馬斯貝羅《マスペロ》論切韻之音」(『国学季刊』第一期第三号、一九三二)がそれです。中国語訳されたカールグレンの論文でもっとも早いものです。

Q カールグレンと並んでマスペロは、中国語の近代的な音韻学研究の基礎を築いた一人だったのですね。

A そうです。そのうえ、この二人が研究の対象としたのは中国語の音韻だけではありませんでした。カールグレンの業績は文法学、文献学、古典研究、さらに考古学にまでおよんでいますし、一方のマスペロの研究領域もベトナム語、ベトナム史、中国古代史、中国仏教・道教史と広い範囲にわたり、中国の学者たちに計りしれないほどの影響をあたえたのです。

図28 マスペロ

カールグレン後の研究状況

Q マスペロのほかに、カールグレンの中古音の復元についてその後も論議はされたのですか。

A カールグレンの作業は周到で、全体的には妥当な、文字どおり画期的な業績でしたが、細かな点になると、なお批判やちがった解釈が生まれる余地はありました。一九三〇年代には、マスペロをはじめ、ドイツのサイモン(W. Simon)、中国の趙元任や羅常培、李方桂たちによる批判と論争がおこりはじめ、三〇年代も後半に入ると、中国でも音韻学の研究体制が整えられるようになりました。カールグレンの訳注書『中国音韻学研究』、一九世紀になってから敦煌や吐魯番《トルファン》地方で発見された『切韻』の残巻と『広韻』と対照させた、劉復《りゅうふく》・魏《ぎ》建功《けんこう》・羅常培編『十韻彙編』(一九三六)、魏建功『古音系研究』(一九三五)、王力《おうりき》『中国音韻学』(一九三五)などです。それらをうけて、四〇年代になると中古音研究はカールグレン説の修正というかたちで展開していきました。(26)

〈上代特殊仮名遣い〉と『韻鏡』

Q どのような点が修正されたのですか。

A いくつかありますが、そのなかでカールグレンは見落としてしまった、とても大きな事がらがありました。専門家たちはそれを〝〈重紐《じゅうちゅう》〉の問題〟と呼んでいます。〝紐《ちゅう》〟とは声母のことです。〝重なった声母〟といわれると、何だか難しそうですが、この問題は皆さんも興味をもたれるのではないでしょうか。というのも、この事がらは奈良時代の日本語の母音を考えるうえでも、大きな関わりがあるからです。〈重紐〉についてお話するまえに、少しばかり回り道をさせてください。

ご存じのように、文字をもたなかった私たちの祖先は、中国生まれの漢字に出会い、この漢字を自分たちの文字として採用しました。そして苦心を重ねながら、漢字の音《おん》を写す〈音読〉と、漢字を日本語で読みかえる〈訓読〉という手法を獲得しました。次に彼らは、この〈音読〉と〈訓読〉の技を武器に漢文（中国語の文章）を読み解き、また漢字で日本語の文章を書き写すまでになり、その一方で『古事記』や『日本書紀』『万葉集』の歌謡などでは、いわゆる〈万葉仮名〉――音を表記する〈音仮名〉と訓を表記する〈訓仮名〉などがあります――で一字一句を写しとることに成功したのです。例えば〈山〉を〝也末〟と表記するのが〈音仮名〉、〝遠い将来と現在〟の意味を表す〝彼比《おちこち》〟は〈訓仮名〉です。

時代は過ぎて江戸時代の中ごろ、本居宣長《もとおりのりなが》（一七三〇～一八〇一、図29）という国学者があらわれました。そのころの国学者は古典主義の立場にたっていて、『万葉集』や『古事記』が研究の対象となっていました。そのような時代の流れのなかにあった宣長は『古事記』の万葉仮名（音仮名）のなかに普通とはちがった仮名の使い分け――これを、のちの人は〈上代特殊仮名遣い〉と呼んでいます――のあることに気づいたのです。宣長は三〇年あまりを費

図29　本居宣長

やして完成させた『古事記伝』(一七七一成稿)の「総論」のなかで、

　　コを表記するのには「許」と「古」の二字を用いるが、〝子〟のコの表記には「古」のみを書いて「許」を用いない。

　　メを表記するのには「米」と「賣」の二字を用いるが、〝女〟のメの表記には〝賣〟のみを書いて「米」を用いることはない。(要旨)

と述べています。宣長のこの発見をうけて、門人の石塚《いしづか》龍麿《たつまろ》(一七六四〜一八二三)は、この現象をさらに詳しく『古事記』『日本書紀』『万葉集』の万葉仮名について調べ、検証しました(『仮名遣《かなづかい》奥山路《おくのやまみち》』三巻の「自序」)。

Q　万葉仮名の使い分けが奈良時代にあったことを発見・検証した二人の業績はすごいと思います。でも、その使い分けはなぜなされたのでしょうか。その点について宣長や龍麿はどのように言っているのですか。

A　宣長は、使い分けの事実を発見し、指摘したにとどまっています。龍麿はそのように使い分けられる原因はわからないけれども、どうやらそれは〈仮名遣い〉の問題であろうと考えていたようです。

ところが、これはただの文字の使い分け——つまり〈仮名遣い〉の問題——ではなく、音韻のちがいに応じた文字の使い分けであると解釈した研究が大正時代のはじめになって発表されました。橋本進吉さん(一八八二〜一九四五)の「国語仮名遣研究史上の一発見」(『帝国文学』二三巻一一号、一九一七)です。橋本さんは上代の文献にみられる万葉仮名の使い分けについて、おおよそ次のように述べています。

例えば、キという音節をあらわす万葉仮名(音仮名)には「岐・支・紀・記」などがあるが、(一)「君《きみ》」「雪《ゆき》」の意味をあらわすときには「岐・支」の類(これをキの甲類と呼ぶ)が用いられて「紀・記」の類が用いられることはない。(二)「木《き》」「月《つき》」の意味をあらわすときには「紀・記」の類(これをキの乙類と呼ぶ)が用いられて「岐・支」の類が用いられることはない。(要旨)

すなわち、キをあらわす万葉仮名に二つの系列(甲類と乙類)があって、そのどちらが用いられるかは語によってきまっていることを橋本さんは指摘し、そしてこれは音韻のちがいにもとづく文字の使い分けである、と推論したのです。

橋本さんによれば、甲・乙の二つの系列の別があるのは、イ列(きぎひびみ)とエ列(けげへべめ)とオ列(こごそぞとどのもろよ)の、合わせて二〇です。ですから、橋本さんの研究によれば、現代日本語(東京方言など)ではアイウエオの五種類の母音しかありませんが、奈良時代の日本語には、それより三母音多い八種類の母音があったことになります。

Q　ィ列・ェ列・ォ列に、現代日本語（東京方言）の［i］［e］［o］のほかに、それぞれもう一種類の母音があったということですね。それはどのような母音だったのでしょうか。

A　橋本さんは、その具体的な音について、㈠イ段は-iに対して-ïi（ïは東北方言などにみられるような、ィでもゥでもない中間の母音）、㈡ェ段は-eに対して-əiまたは-ə́i（-ə́は英語のbird［bə́:d］のような中舌母音）、㈢ォ段は、-oに対して中舌母音-ö（ドイツ語のschön［ʃø:n］のような音）であろうか、という一つの仮説を述べていますが（「国語音韻の変遷」、一部補筆）、その推論の拠りどころとなった文献資料が他ならぬ中国の『韻鏡』（八二ページ参照）なのです。『韻鏡』では、驚いたことに、万葉仮名の甲類の字は四等欄に、乙類の字は三等欄にはっきり書き分けられているのです。『韻鏡』はお話したように、『広韻』の体系、つまり〈中古音〉を図表化したものです。

カールグレンが見おとした〈重紐〉の問題とは

Q　先ほどのお話ですと、〈中古音〉はカールグレンによって復元されているのですから、奈良時代の万葉仮名（音仮名）について考えるうえでもカールグレンの復元音は大いに参考になるのではないでしょうか。

A　ところが、橋本さんが甲類・乙類と呼んだ音の区別についてカールグレンは気づかなかったのです。これが先ほどの〈重紐〉の問題と関わってくるのです。

まず、重紐について説明しましょう。先ほど、『広韻』という韻書のことをお話ししましたが、この韻書には二〇六の韻が分類、配列されています。それぞれの韻には同じ韻母をもつ(例えば、〝東〟韻ならば-ung、〝冬〟韻ならば-ongなど)文字群が一まとめにされています。そのなかには、韻は同じでも声母がちがうものもまざっています。韻書は詩を作るうえでの参考書ですから、声母がちがっていても韻が同じならば一つのグループとしてまとめられています。ですから、例えば、〝東〟韻の文字として並べられているグループのなかには、d-音の声母をもつもの、t-音の声母やz-音の声母をもつもの、などなどがまざっているわけです。韻書の編集者はその点をも考慮にいれました。同じ〝東〟韻の字であっても、d-音を声母とするもの、t-音を声母とするものなどのちがいを二つの方法によって明確に区別して表示したのです。一つは反切です。例えば、t-音を声母とする「東」など一七字は〝徳紅切〟という反切で、d-音を声母とする「同」など四五字は〝徒紅切〟という反切でその別を示します。もう一つの方法は、反切で示されるそれぞれの文字群の先頭の字(上例では「東」「同」)に○印を記してその別を示しています(七二ページ、図14を参照)。ですから○印と○印との間に置かれている文字群——これを〈小韻《しょういん》〉といいます——は韻母はもちろんのこと、声母も同じということになります。

Q　ということは、裏を返せば、〈小韻〉が異なれば、同韻の場合は、声母のちがいがあるということを意味するわけですね。

A　そのとおりです。ところが、そこには隠された落とし穴があったのです。実は『広韻』の二〇六韻のうち、いわゆる〈拗音韻〉——dian のように、主母音の前に拗音-i-のある韻です。ちなみに、dan のように、拗音のない韻は〈直音韻〉といいます——を調べてみると、そのなかにちょっと不思議な〝〈小韻〉の対《ペア》〟があったのです。それは、小韻としては別類なのに、その対のそれぞれの反切をみると本来は区別されているはずの声母が、なんと驚いたことに、同類なのです。それは何故でしょう、韻書編集者の編集上のミスなのでしょうか。このように、区別されるはずの声母が重なっている反切の対、それが〈重紐〉と呼ばれるものです。

Q　重紐ということばの意味はわかったように思います。でも、なんだかまだすっきりしません。その内容をふくめて、もう少し詳しく説明してください。

A　やや専門的になってしまうかもしれませんが、とても大事なことなので、その要点を例をあげながらお話しします。『広韻』の入声韻のなかの一つである〝質〟韻をみると、〝筆　鄙密切〟〝必　卑吉切〟という反切があります。この二つは別の小韻とされています。しかし調べてみると、二つの反切の上字（「鄙」と「卑」）はどちらも〝幫〟母p-の字なのです。ですから、これで見るかぎり、二つの反切によって示される音にちがいはないということになります。いわゆる重紐の関係になっているのです。

『広韻』にこのような例がみられることは、すでに清の時代に江永が『四声切韻表』で、両者は〈等〉(一六九ページ、注11参照)によって区別されていることを、また陳澧は『切韻考』で両者は反切下字によって区別されていることを認めていました。しかしカールグレンは、そのことを見落としてしまったのです。

Q もしかすると、カールグレンは韻図を見ていなかったのではないでしょうか。

A いいえ、カールグレンは生前に『韻鏡』を手にすることはかないませんでしたが、宋代の『切韻指掌図』と『切韻指南』という韻図を資料としています。これらの韻図でも、橋本さんのいう甲類の字は四等欄に、乙類の字は三等欄に分けて置かれています。しかもカールグレンは、朝鮮漢字音にそのちがいが反映していること(具体例はあとで示します)を承知していたはずなのに、なぜかその区別を無視し、これら二つを同音としてあつかってしまったのです。

〈重紐〉の研究を進展させた有坂秀世と河野六郎

Q カールグレンが問題としなかった重紐という事がらは、いつごろ取りあげられるようになったのですか。

A　重紐の問題を最初に、しかも的確に批判し、一つの解釈を示したのが、有坂秀世さん（一九〇八～一九五二）の「カールグレン氏の拗音説を評す」です。[27] そして有坂さんの仮説を別の面から確かなものとし、さらに独自の説を提起したのが、河野六郎先生（一九一二～九八）の「朝鮮漢字音の一特質」でした。[28] 有坂さんは切韻系韻書の反切に、河野先生は、梁・顧野王の『玉篇』（五四三）という字書にみえる反切に重紐の例のあることを指摘し、さらにお二人は朝鮮とベトナムの漢字音などを資料として三等（乙類）と四等（甲類）の〝ちがいは何か〟について考察をすすめたのです。

まず朝鮮漢字音の具体例をあげます。朝鮮漢字音では声母が〈牙・喉音〉（八四ページ参照）の場合に三等と四等のちがいが反映しています（例はローマ字で表記）。

〔例〕　支韻・四等（甲類）「岐」-i̯ie̯：三等（乙類）「奇」-ï̯ie̯
　　　仙韻・四等（甲類）「遣」-i̯ân：三等（乙類）「乾」-ï̯ân
　　　魚韻・四等（甲類）「虚」-i̯o：三等（乙類）「居」-ï̯o

これらの例からおわかりのように、朝鮮漢字音では四等（甲類）の介母は-i̯-であるのに対して、三等（乙類）の介母は-ï̯-で表記されています。この-ï̯-は、-i̯-が現代日本語（東京方言）のイ（口蓋的イ）の発音と同じものとすれば、いわゆる中舌母音と呼ばれるイ（非口蓋的なイ）――日本の東北方言などにみられるようなイでもウでもない中間の母音――です。

では、次にベトナム漢字音をみてみましょう。ベトナム漢字音では声母が〈唇音〉(八四ページ参照)の場合に四等と三等のちがいが反映しています。

〔例〕　支韻・四等(甲類)「鼻」　ti：三等(乙類)「備」　bi
　　　脂韻・四等(甲類)「比」　ti：三等(乙類)「眉」　mi
　　　宵韻・四等(甲類)「標」　tieu：三等(乙類)「表」　bieu

ご覧のように、ベトナム漢字音では三等と四等のちがいは声母に反映しているのです。つまり三等(乙類)はb-(ほかにp'やm・f・vなど)のような〈唇音〉であるのに、四等(甲類)はt-(ほかにt'・j・nyなど)のような〈舌音〉で字を写されていて、そのちがいは明白です。

Q　ちょっと待ってください。四等の例字としてあげられた「鼻」も「比」「標」も中国音は唇音のp-ですよね。それが舌音のt-で写されているというのは、どうしてでしょうか。

A　それは、音声学ともかかわり、少し専門的になってしまいますが、一口で言いますと、古代中国語の唇音は、ベトナム漢字音では四等の場合にかぎって〈舌音化〉されていた、つまり、唇音が舌音に変化した(pi→ti)からだと推定されています。iの前の唇音が舌音に変化している例には、有坂秀世さんによると、沖縄の国頭《くにがみ》方言で「正午《ぴるま》」をtiruma(piruma)、「茶毘《だび》」をdadi(dabi)というのがあるそうです。iの前のpがtに変る、これは一種の〈口蓋化《こうがいか》〉といわれる現象の結果とみられます。口蓋というのは、前にもお話しましたが、上顎《うわあご》のことです。ある音を発するとき、前舌が上顎に近づくことを〈口蓋化〉といいます。口蓋化されたpなどの唇音声母は、唇を閉じるのと同時に舌の先が前歯の裏か歯ぐきにつき、そのことによってtなどの舌音声母に変化しやすいのです。

ところで問題のベトナム漢字音では、唇音が舌音化（p→t）されているのは、ただ四等（甲類）の場合だけであって、三等（乙類）の場合は、例字でもおわかりのように、唇音は唇音のまま残されています。ですから、ベトナム漢字音のpi bi miなどは、もともとからこのままの形だったのではなく、はじめはp- b- m-などのすぐ後ろに、p b mなどが口蓋化（↓t）するのを邪魔する働きをもった-ï̯-のような非口蓋性の要素があったのではないか、と推定されます。そこで、朝鮮漢字音（牙・喉音）にみられる三等-ï̯-：四等-i̯-のような区別が古代中国語の唇音の音節に存在していたと仮定すれば、ベトナム漢字音の姿（pïi̯→pi：pii̯→ti）はきわめて都合よく説明されるのです。

有坂・河野のお二人は、これらを主な（ほかに日本の呉音や中国の南方方言なども）拠りどころとして、いわゆる〈三・四等両属韻〉[29]の三等（乙類）の唇・牙・喉音字と四等（甲類）の唇・牙・喉音字とのあいだに、介母の拗音要素のちがいがあると推定し、甲類は口蓋的（前舌的）な-i̯-を、乙類は中舌的な-ï̯-をもっていた、と仮定したのです。いわゆる〝有坂・河野説〟といわれるものです。お二人の論文は日本語で書かれたために海外からの反応はありませんでしたが、やや遅れて中国でも同じ現象が論じられ、〈重紐〉という術語が用いられるようになりました。[30]

Ⅱ　〈中古音〉復元の方法

復元音には限界が

Q　日本の漢字音が中国の古代音の復元に役立つ一方で、中国の文献資料が日本の古代の音韻を探るうえでも貴重な情報を提供してくれるのですね。いまの〈重紐〉問題のお話で、中古音がどのようにして推測されるのか、その手順の一端がわかった気がします。でもそれは、もっぱら外国漢字音に拠った推測の例でした。そのほかの資料、例えば現代方言音なども利用した、古代音の〝復元〟とか〝再構〟とか一般にいわれる方法というものを具体的に説明していただけませんか。

A　わかりました。でも、その具体的なことについて説明するまえに、いくつかお話しておきたいことがあります。その一つは、古代の〝復元音〟そのもののことです。復元された音は絶対的なものではないということをまず理解してほしいのです。その音が実際はどのようであったか、確かな証拠はないのです。あくまでも現存の資料にもとづいて、次の段階への変化が矛盾なく説明できる、都合のよいように〝推定された〟音なのです。

この〝推定された〟復元音は、譬《たと》えていいますと、犯人などを捜すときの似顔絵のようなものです。目撃者から情報があたえられ、それとともに犯人の顔を絵にするとします。「その人は細面で、鼻はすこし丸く、口は大きかった」と言われただけでは書き手は困惑するでしょうし、あたえられた情報が、例えばある目撃者は、「顔の右側か左側かよく覚えていないけれども、どうも黒子《ほくろ》があったようだ」といい、別の人は「いや、黒子などなかった」というように、その内容が不確かなものだったりしたら、その難しさは一層です。復元音は、ちょうど似顔絵のように、与えられた情報だけに頼って一人の人物の顔かたちを描くのに等しい技で、それがはたしてどこまで本物に似ているかについての保証はないのです。ですから、ここでお伝えする復元音はあくまでも一つの仮説であるということを理解していただきたいのです。

実際の発音(音価)推定の拠りどころ

Q　何だか、中国古代音の復元という作業がとても心許《こころもと》なくなってきましたが。

A　いやぁ、その難しさと、復元にあたっては慎重さが求められるということをすこしばかり強調しすぎてしまったかもしれません。でも、そう悲観することはありません。カールグレンが先駆者《パイオニア》として描いた似顔絵は、その後寄せられた新しい情報や、カールグレンが思いちがいをして描いてしまった箇所の修正などによって、今日ではかなり実像に近いと思われる似顔絵がつくられていますからご安心下さい。

では、中古音を例にとって、復元の具体的な方法について話をすすめましょう。これまでにお話した基礎的な作業――『広韻』の反切の整理（〈系聯〉、一一三ページ参照）と『韻鏡』の仕組みの解明（八三ページ参照）――によって、中古音には声母と韻母がいくつあり、それらがお互いにどのような関係にあって体系を形づくっていたかがわかりました。でも、それらの音価（実際の発音）について反切や『韻鏡』たちは何も語ってくれません。ですから、例えばその声母はk-であったのかg-だったのか、その韻母は-ungであったのか-angだったのか、私たちはこの謎を解く鍵をほかに見つけなければならないのです。そしてその鍵は、実は身近にあったのです。それが現代の中国諸方言や日本・朝鮮・ベトナムの漢字音などです。(31)

まず現代の諸方言ですが、皆さんもご存知のように、日本の二六倍ほども広い中国にはじつに数多くの漢語（いわゆる中国語）があります。そして音韻のちがいにはとくに大きいものがあります。でもそれらの方言音のあいだには〝音韻の〈対応〉〟がみられます。例えば、北京語の韻尾（音節末の子音）は-nと-ngの二種類ですが、香港などで話されている広東語には-nと-ngのほかに-mもあります。しかし、広東語で-m -nをもっている語はどれも北京語ではほとんどすべてが-nをもっていますし、広東語で-ngをもつ語は北京語ではほとんどが-ngをもっているのです。例えば「三」は広東語 sam：北京語 san、「仙」は広東語 sin：北京語 siɛn（拼音《ピンイン》 sian）、「行」は広東語 hɐng：北京語 ɕing（拼音 xing）のようにです。また「児・耳・二」など北京語で ər（拼音 er）という音形をもっている語は呉語（口語層）では ɲi（ɲ-はフランス語 montagne[mɔ̃taɲ]〈モンターニュ〉の音）、広東語の ji（j-は日本語のイのような音）に〈対応〉しています。現代諸方言のあいだには、このような音韻の対応が認められるのです。

このような関係は、偶然うまれたとはとても考えられません。これらの諸方言は同じ〈祖語〉から分かれ、それぞれが異なる変化をとげたためにこのような対応がみられるのだ、と仮定してはじめて理解できることです。比較文法(一四ページ参照)では、このような対応を重要な基盤として〈祖語〉の音韻の枠組みと音価を推定するのですが、中国語の場合には、お話したように、祖語(=『切韻』の体系すなわち中古音)の枠組みは『広韻』の反切の整理と『韻鏡』によって一応わかっています。ですから、中古音という枠組みのなかの音類が現代の諸方言でどのような音として現われているか——つまり、中古音と現代諸方言との対応——を調べ、音声的にも、また音韻変化の一般的な傾向からみても、もっとも無難と思われ、しかも蓋然性の高い音を、その枠組みを形づくっている単位(声母・韻母)の音価として推定するのです。

Q 現代の中国諸方言が中古音の復元に役立つ鍵の一つであることはわかりました。もう一つの外国漢字音については〈重紐〉のところでもうかがいましたが、ほかに何かありますか。

A 外国漢字音については、これまで折々にふれてきたので改めてお話することはありません。ただ、外来の漢字音をとりいれた国(日本・朝鮮・ベトナム)の音韻体系や音声の特徴は中国原音とはちがうということ、中国音をとりいれたのちに、それぞれの国でおこった音韻変化のために、もとの姿と大きくちがったものになっていることもあるということは、外国漢字音をあつかうときに心してほしいと思います。

それから一つ補足しておきたいことがあります。それは〈対音資料〉といわれるものです。第1話で、杜牧の詩「江南春」の第三句「四百八十寺」の「十」がジフではなくシンと訓読されていることについてお話しました。「十」をシンと読まれることに疑問をもちつづけていた小川環樹さんがその疑問を解くことができたのは、チベット(西蔵)文字で漢字音を写した敦煌出土の文書でした。ある条件のもとで「十」は sim と音写されていたのです。このような外国の表音文字で中国音を写した資料には、チベット文字による〈漢蔵対音〉と、仏教経典の翻訳などで、古代サンスクリット(梵語)に漢字をあてて音写した——例えば、Amitāyus→阿弥陀《アミダ》、Sakya→釈迦《シャカ》など——〈梵漢対音〉があります。これらは中古音よりやや遅い唐代音を探るうえでとても貴重な資料です。

以上が中古音の復元の具体的な方法を説明するまえに、お話しておきたかったことです。

復元作業の実例——方法とプロセス——

Q　では、中古音の復元の方法を具体的に説明してください。

A　中古音の声母と韻母の音価をどのようにして復元するか——復元とか再構という言葉で語られる作業のすすめ方——についてお話しましょう。ただ、三六の声母と二〇六もの韻母のすべてをとりあげる余裕はとてもありません。そこで、ここでは一つの方便として、声母のうち、いわゆる〈牙音〉として一まとめにされている〝見・渓・群・疑〟の四つの声母(一五六ページ参照)を例としてお話することにします。結論として、その順にk-・k'-・g-・ng-のように復元されているグループです。これらの〝見・渓〟などの声母が、どのようにしてk-・k'-などのように復元されるのか、そのプロセスをこれからたどります。

そのように復元するにあたって、手順は二つの段階《ステップ》に分かれます。第一の段階は、中古音の〝見・渓・群・疑〟母が、いま中国で話されている諸方言や外国漢字音でどのように反映しているかをチェックすることです。そして、その結果をふまえて第二の段階へとすすみます。この段階で、いま調査した結果と今日に残されている古代の文献資料などを拠りどころとして、中古音の音価の復元を試みるわけです。

では、第一の段階から始めます。ここでは、多くの方言のなかから、便宜上、北京語音をはじめの手がかりとします。中古音の〝見・渓・群・疑〟母が北京語でどのようになっているかを整理してみましょう。

まず、中古音で〝見〟母と呼ばれる声母(頭子音)をもっている漢字の北京語の発音を調べてみると、漢字は二つのグループに分かれます。第一のグループは、高gāo・古gǔ・工gōng……(発音の表記は、中国大陸で用いられる拼音《ピンイン》によります)などのように直音(介母がゼロ)で、すべてg-(音声記号は[k])で発音されているものです。そして第二のグループは、家jiā・九jiǔ・界jiè……などのように、拗音（介母に-i-の要素がある）で、すべてj-（音声記号は［tɕ］）で発音されているものです。以上が〝見〟母についてまとめたものです。

次は二番目の〝渓〟母です。これも北京語では二つのグループに分かれます。第一のグループは可kě・枯kū・開kāi……などのように直音で、すべてk-（音声記号は［kʻ］）で、第二のグループは巧qiǎo・丘qiū・去qù……などのように拗音で、すべてq-（音声記号は［tɕʻ］）で発音されています。

Q　中古音の〝見〟母は現代北京語では直音の場合はg-、拗音の場合はj-、また〝渓〟母もおなじように、直音と拗音のちがいによってk-とq-の二通りに発音されるということですね。では、次の〝群〟母も直・拗で二つのグループに分かれるのでしょうか。

A　いいえ、そうは問屋がおろさないのです。こういうところに言語変化の複雑な一面、裏をかえせば面白さのようなものが隠されているのです。というのも、〝群〟母の場合は、おなじ〈牙音〉の仲間でありながら、〝見・渓〟母とちょっと様子がちがうのです。そこで整理してみますと、〝群〟母の場合は、〝見・渓〟母ではまったく関係のなかった声調という要素が一枚くわわっていることがわかりました。中古音には、平・上・去・入という声調（四声）のあること、そして、上・去・入の三声を合わせて仄声と呼ぶということは前にお話ししましたが（二一ページ参照）、〝群〟母を声母とする音節の

北京語＼中古音	直音		拗音	
	平	仄	平	仄
〝見〟母	g		j	
〝渓〟母	k		q	
〝群〟母	k	g	q	j
〝疑〟母	ø			

図30

声調が平声か、それとも仄声かによって北京語での〝群〟母の発音はまず二つに分かれるのです。そして平と仄によって二つに分かれた音節のそれぞれは、さらに、直音（介母がゼロ）か拗音（介母iがある）かの別によって発音が異なっていることがわかります。

　具体例をみてみましょう。まず中古音で平声であったものですが、逵kuí・葵kuí・狂kuáng……など直音のものはk-（音声記号は[kʻ]）で発音され、奇qí・橋qiáo・渠qú……など拗音のものはq-（音声記号は[tɕʻ]）で発音されています。一方、中古音で仄声であったもののうち、櫃guì・跪guì……など直音のものはg-（音声記号は[k]）、近jìn・及jí・巨jù……など拗音のものはj-（音声記号は[tɕ]）で発音されています。いささか込みいっていますが、これが〝群〟母の北京語での反映の様子です。

　おしまいに〝疑〟母についてみてみましょう。これは拍子《ひょうし》抜けするほど対応が簡単です。我wǒ・五wǔ・外wài……など直音のものも、牙yá・魚yú・月yuè……など拗音のものも声母はゼロ（ø）（w-・y-は半母音です）になっています。

　以上、北京語について調べたこと、つまり中古音の〈牙音〉と北京語の語頭の子音〈声母〉とがどのように〝対応している〟かをまとめると図30のようになります。

この図をご覧になっておわかりのように、音韻の対応はとても規則的です。中古音では一つの音韻であったのに北京語では二つ(以上)の音韻に分かれて対応するときは、そこには必ず、その分かれ方を支配している一定の条件がみられるのです。例えば中古音の〝見〟母が北京語でg-とj-に、また〝渓〟母がk-とq-に分かれるのは、その音節がもともと直音であるのか拗音であるのかによって、そのどちらになるかが定まります。〝群〟母の場合は、その音節が平声であったか仄声であったか、そしてそれに加えて、その音節が直音であるのか拗音であるのかによって分かれるのです。このように時間の流れと平行しておこる音韻の変化には、その音韻をとりまく一定の条件が認められます。このような音韻変化の規則性があるので、古代中国音の復元の試みが可能となるのです。

Q　音韻変化の条件と規則性については第1話でもうかがいましたが、いまのお話でよくわかりました。〝同じ条件のもとにあるものは、同じ変化をする〟ということですね。

A　そうです。もっとも、その規則にしたがわない、いわゆる例外というものもでてきます。その例外が生まれる背景にはいろいろありますが、何故そのような例外が生まれたのか、その原因も明らかにできれば復元音の蓋然性はいっそう高まるでしょう。

では、いよいよ第二の段階《ステップ》にはいることにします。いま例とした中古音の〝見・渓・群・疑〟母の音価を推定してみましょう。その前に、とても大事なことを一言お話しておきます。それは、これか

ら推定する音価は、

第一に、現代音への変化、そして外国漢字音の状況を十分に説明できること

第二に、推定された音価がおたがいに明確に区別されていること

第三に、それらがまとまった体系を形づくること

が要求されるということです。このことはどうぞ肝に銘じておいてください。

まず、〝見〟母と〝渓〟母です。結論から言いますと、〝見〟母はk（無声の無気音、拼音《ピンイン》表記はg）、〝渓〟母はk‘（無声の有気音、拼音表記はk）と推定します。何故そのように推定するのかというと、それは北京語だけではなく、ほかの現代諸方言や外国漢字音との対応などを説明するうえで、もっとも妥当な音と考えられるからです。

なお先ほど調べたように、北京語では直音の場合は中古音の音価と同じですが、拗音の場合は、〝見〟母はj（[tɕ]）、〝渓〟母はq（[tɕ‘]）となっていました。それは何故かというと、すぐ後ろにiのような拗音があると、その影響をうけてk・k‘が〈口蓋化〉――ある音を発するとき、前舌が上顎に近づくことです（一三九ページ参照）――したため、gがjに、kがqに変化したからだ、というように説明できます。ですから、中古音の〝見〟母はkの一類、〝渓〟母はk‘の一類を仮定すればよろしいということになります（図31を参照）。では次に〝群〟母の音価について推定しましょう。

Q ちょっとよろしいですか。中古音の〝見〟母と〝渓〟母の音価の推定の仕方はわかりました。現代音でそれが二つに分かれていても、その分かれ方に一定の条件が認められれば、一つにまとめられるのですね。なるほどと思いました。ところで、第一の段階で中古音と現代北京語との対応関係を整理したとき、〝見・渓〟母はともかく、〝群〟母はいささか複雑でした。この〝群〟母は中古音の復元にあたっても一筋縄ではいかないのでしょうか。

A はい、そのとおりです。〝群〟母の場合は〝見・渓〟母のときとちがって、先ほど北京語によって中古音との対応関係を整理して示した図30は役に立たないのです。〝群〟母の場合は、北京語ではなく、蘇州や上海、杭州などの、いわゆる呉方言がよい手がかりをあたえてくれます。このように、北京以外の方言に解明の糸口が隠されていることもあります。呉方言では〝見〟母と、〝渓〟母との対応の仕方は北京語とおなじなのですが、〝群〟母字の対応はまったくちがっているのです。それはどういうことかといいますと、〝群〟母は呉方言をみると、直音(介母がゼロ)の音節では有声の有気音[gʻ](拼音では表記できない、日本語のグのような音)、拗音(介母が-i-)の音節では[dʑʻ]のような有声の有気音(拼音では表記できない、日本語のズのような音)として現れているのです。この[dʑʻ]は〝見・渓〟母の場合とおなじように、拗音の介母-i-によ

中古音	〈介母〉		現代音
〝見〟母	k	ø →	g
		-i- →	j
〝渓〟母	kʻ	ø →	k
		-i- →	q

図31

って〈口蓋化〉したためと考えられます。そして〝群〟母字は日本の呉音[32]では、群《グン》・求《グ》・近《ゴン》……などのように、有声音のガ行で写しています。このような、中国の呉方言や日本の呉音にもとづいて〝群〟母の中古音の音価を有声音のgと推定します。

ちなみに、〝群〟母字は呉方言ではその有声性が失われずに保たれていますが、その他のほとんどの現代方言では有声性を失って無声化し、〝見〟母(k)か〝渓〟母(kʻ)に合流しています。日本の漢音[33]が群《クン》・求《キウ》・近《キン》……などのように無声音で写すのは、唐代の長安音で有声音の無声化(b→p、d→t、g→kなど)がすすんでいたからと推測されています。

Q 中古音の〝群〟母の有声性が遠く離れた日本の呉音で保たれていること、その無声化が漢音に反映していることを知って驚きました。ところでおしまいの〝疑〟母ですが、第一の段階《ステップ》で調べたところによると北京語ではゼロ声母になっていましたね。中古音でも〝疑〟母はゼロなのですか。

A いいえ、中古音ではゼロではありません。では早速その音価の復元をしてみましょう。実は、この音価も先ほどの図30だけでは復元できないのです。〝疑〟母の場合は中国南方の諸方言が手がかりとなります。呉方言をみると、その多くは、直音(介母ゼロ)の音節では[ŋ](英語ではsing[siŋ])、拗音(介母がi)の音節では[ɲ](一四三ページ参照)に対応しています。[ɲ]は拗音の介母iによる〈口蓋化〉のためでしょう。また福建省の福州方言では、音節が直音であっても拗音であっても[ŋ]に対応しています。

〝疑〟母の音価を推定するのに、もう一つ役立ってくれるのが『韻鏡』です。『韻鏡』では、〝疑〟母は〝見・渓・群〟母とともに〈牙音〉としてあつかわれていましたね。このことは、〝疑〟母の調音点が〝見〟母などと共通していることを意味しているわけです。さらに、『韻鏡』で〝疑〟母は〈清濁〉(一六九ページ、注13を参照)としてあつかわれていましたが、ほかに〈清濁〉とされる〝明〟母(m)、〝泥〟母(n)などは、いずれも鼻音です。このような現代の中国諸方言や『韻鏡』などからみて、〝疑〟母の中古音の音価は〝見(k)・渓(k‘)・群(g)〟母と調音点がおなじであって、しかも鼻音となると、ng[ŋ]のほかありません。ですから、中古音〝疑〟母の音価はngと推定するのが適当と考えられます。

この中古音は、図32で示したように、福州方言ではそのまま保たれ、呉方言では拗音節の場合は〈口蓋化〉によって[ɲ]に変化し、北京語などでは脱落してゼロとなった、と推測されます。なお、牛niú・凝níng・逆nì……など、中古音で〝疑〟母であったのに北京語ではゼロではなく[n]をもっている少数の例外がみられますが――ちなみに、日本の漢音では上から順にギュウ・ギョウ・ギャク……のように、ナ行ではなくガ行で写しています――、これは、呉方言のように[ɲ]となった方言の形が〈借用《しゃくよう》〉されてnとなった、と

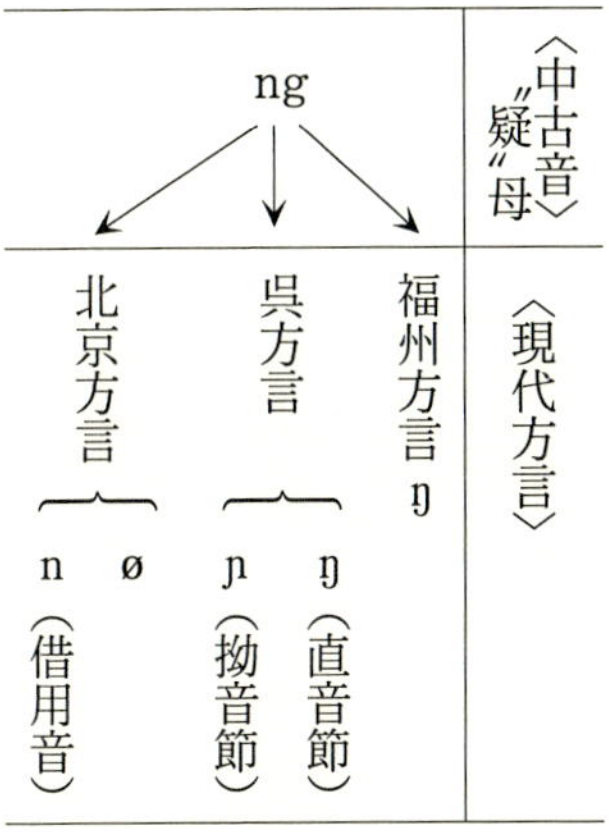

図32

説明されています。

〈借用〉というのは、ある言語(方言)の話し手がほかの言語(方言)に接触することによって、それまで自分たちの言語になかった要素——語彙・意味・文法・音韻など——を採りいれることをいいます。右の例のように、〈借用〉が音韻の対応の規則性を乱しているようにみえる場合もあります。復元音を考えるとき、〈借用〉も視野に入れておかなければならない重要な事がらです。

以上、〈牙音〉を一つの例として中古音の音価の推定の仕方のおおよそをお話ししましたが、このような方法はほかの声母や韻母についてもおなじように適用されます。しかし、ここでとりあげた〈牙音〉の音価推定は比較的やさしいもので、さらにこみいった操作や資料の扱いがもとめられる場合が多くあります。それらすべてについてお話することは時間的にとてもできませんが、以上で音価推定の基本的な原則・プロセスは一応お伝えできたのではないかと思います。

中古音・唐代長安音の音価

Q いまのお話をうかがっていて、なんだか推理小説を読んでいる気分になりました。犯行現場の遺留品などをくまなく探しだして篩《ふるい》にかけ、犯人の割り出しに結びつく証拠を集め、一方では周辺の聞き込みで得られた情報を持ちより、それらを総合して犯人像を追い求めていくという、まさに捜査のすすめ方と同じような感じをうけてとても面白かったです。いや、勝手なことを口にしてしまいました。

質問に移ります。いまうかがったような地道な作業を踏まえて、中古音は体系的にどのように復元されているのでしょうか。

A　いよいよ大詰めに近づいてきましたね。では復元された中古音――ここでは河野六郎『朝鮮漢字音の研究』にみえる音価を紹介します――の一覧表(声母と韻母)をお目にかけましょう。韻母については、唐代の長安音を反映していると推測される『慧琳《えりん》音義』(一六ページ参照)からうかがえる韻の合併の様子をも示してあります。なお河野先生は声母について「転写音はだいたい B. Karlgren の再構音を用ゐたが、その個々の具体的な音価については議論のあるものもあり、又歴史的に変化をとげたものもある」としていくつかの問題点をあげています。ですから、ここでご覧にいれる音価はあくまでも一応のものであって、修正の余地がなお残されていることもご承知ください。これが一覧表です。

◎　声母

(配列の順序は『韻鏡』にならい、表記も b'・v'・d' など有声有気音を、b・v・d などのように有声無気音に改めてあります。なお、『韻鏡』の〈三十六字母〉に正歯音二等の四母と喉音〈羽〉母はありません)

唇音	重唇音	幫 p	滂 p‘	並 b	明 m		
	(軽唇音)	非 f	敷 f‘	奉 v	微 ɱ		
舌音	舌頭音	端 t	透 t‘	定 d	泥 n̂		
	舌上音	知 t̂	徹 t̂‘	澄 d̂	娘 ĥ		
牙音		見 k	渓 k‘	群 g	疑 ng		
歯音	歯頭音	精 ts	清 ts‘	従 dz		心 s	邪 z
	正歯音二等	荘 tṣ	初 tṣ‘	牀 dẓ		山 ṣ	
	正歯音三等	照 tś	穿 tś‘	神 dź		審 ś	禅 ź
喉音		影 ・			羽 ɦ	暁 χ	匣 γ
					喩 j		
半舌音					日 ńź		
半歯音					来 l		

◎ 韻母

(平声の韻目で代表させます。[34]韻類のグループ分けと、それぞれの韻の配列順は河野先生によっています。なお入声韻は付記していません。平・上・去韻の -n には -t が、-ng には -k が、-m には -p がそれぞれ対応するの

で、自動的にその音価が得られるからです。〔例〕an→at、ang→ak、am→ap）

○A韻類一等（主母音は〈奥舌母音〉のâです）

	『切韻』	『慧琳』
〈開口〉	寒 -ân	寒 -ân
	覃 -ậm／談 -âm	覃 -âm
	唐 -âng	唐 -âng
	歌 -â	歌 -â
	咍 -ậi／泰 -âi	咍 -âi
	豪 -âu	豪 -âu
〈合口〉	桓 -uân	桓 -uân
	唐 -uâng	唐 -uâng
	戈 -uâ	戈 -uâ
	灰 -uậi／泰 -uâi	灰 -uâi

○A韻類二等（主母音は〈前舌母音〉のaです。なお、-nǵは口蓋化した-ngです[35]）

	『切韻』	『慧琳』
〈開口〉	刪 -an／山 -ǎn	刪 -an
	銜 -am／咸 -ǎm	銜 -am
	庚二 -anǵ／耕 -ǎnǵ	庚二 -anǵ
	江 -ång	江 -ang
	麻二 -a	麻 -a
	佳 $-ai_{\alpha}$／夬 $-ai_{\beta}$／皆 -ǎi	佳 -ai
	肴 -au	肴 -au

『切韻』	『慧琳』
刪 -^{w}an	刪 -^{w}an
山 -^{w}ăn	
庚$_{二}$ -^{w}anǵ	庚$_{二}$ -^{w}anǵ
耕 -^{w}ănǵ	
麻$_{二}$ -^{w}a	麻$_{二}$ -^{w}a
佳 -^{w}ai$_{\alpha}$	佳 -^{w}ai
夬 -^{w}ai$_{\beta}$	
皆 -^{w}ăi	

〈合口〉

○ A韻類四等および三等$_{甲}$

『切韻』	『慧琳』
先 -en	仙$_{甲}$ -i̯an
仙$_{甲}$ -i̯än	
添 -em	塩$_{甲}$ -i̯am
塩$_{甲}$ -i̯äm	
青 -enǵ	清 -i̯anǵ
清 -i̯änǵ	
斉 -ei	祭$_{甲}$ -i̯ai
祭$_{甲}$ -i̯äi	
陽$_{甲}$ -i̯âng	陽$_{甲}$ -i̯ang
麻$_{三}$ -i̯a	麻$_{三}$ -i̯a
蕭 -eu	宵$_{甲}$ -i̯au
宵$_{甲}$ -i̯äu	

〈開口〉

『切韻』	『慧琳』
先 -^{w}en	仙$_{甲}$ -i̯^{w}an
仙$_{甲}$ -i̯^{w}än	
青 -^{w}enǵ	清 -i̯^{w}anǵ
清 -i̯^{w}änǵ	
斉 -^{w}ei	祭$_{甲}$ -i̯^{w}ai
祭$_{甲}$ -i̯^{w}äi	

〈合口〉

○ A韻類三等$_{乙}$および三等f（三等fは〈軽唇音化〉（p-→f-）をおこす〝元・厳（凡）・陽$_{乙}$・戈$_{三}$・廃〟韻です）

『切韻』	『慧琳』	
仙$_{乙}$ -i̯än	仙$_{乙}$ -ï̯an	〈開口〉
元 -i̯ɐm		
塩$_{乙}$ -ï̯äm	塩$_{乙}$ -ï̯am	
厳$_{(凡)}$ -i̯ɐm		
庚$_{三}$ -ï̯anǵ	庚$_{三}$ -ï̯anǵ	
陽$_{乙}$ -ï̯âng	陽$_{乙}$ -ï̯ang	
戈$_{三}$ -ï̯â	戈$_{三}$ -ï̯a	
祭$_{乙}$ -ï̯äi	祭$_{乙}$ -ï̯ai	
廃 -ï̯ɐi		
宵$_{乙}$ -ï̯äu		
仙$_{乙}$ -ï̯ʷän	仙$_{乙}$ -ï̯ʷan	〈合口〉
元 -i̯ʷɐn		
庚$_{三}$ -ï̯ʷanǵ	庚$_{三}$ -ï̯ʷanǵ	
陽$_{乙}$ -ï̯ʷâng	陽$_{乙}$ -ï̯ʷang	
戈$_{三}$ -ï̯ʷâ	戈$_{三}$ -ï̯ʷa	
祭$_{乙}$ -ï̯ʷäi	祭$_{乙}$ -ï̯ʷai	
廃 -ï̯ʷɐi		

○ B韻類（A韻類以外の韻をまとめて一グループにしたものです）

▽ a層

	『切韻』	『慧琳』
〈開口〉	痕 -ən	痕 -ən
	登 -ənǵ	登 -ənǵ
	侯 -əu	侯 -əu
	東 -ung	東 -ung
	冬 -ong	
	模 -o	模 -u
〈合口〉	魂 -wən	魂 -wən
	登 -wanǵ	登 -wənǵ

▽ b層

〈開口〉

『切韻』	『慧琳』
真甲 -i̯ĕn	真甲 -i̯ən
侵甲 -i̯ə̣m	侵甲 -i̯əm
蒸甲 -i̯ə̣ńg	蒸甲 -i̯əńg
支甲 -i̯ĕ 脂甲 -i̯ĕi 之甲 -i̯ə̣i	脂甲 -i̯əi
支d -i̯ĕ 脂d -i̯ĕi 之d -i̯ə̣i	脂d -ʔ̣̯əi (?)
幽 -i̯ĕu 尤甲 -i̯əu	尤甲 -i̯əu
東三・甲 -i̯ung	東三・甲 -i̯ung
鍾甲 -i̯ong	鍾甲 -i̯ong
虞甲 -i̯u	虞甲 -i̯ü
魚甲 -i̯o	魚甲 -i̯ö

▽ c層

〈開口〉

『切韻』	『慧琳』
真乙 -ï̯ĕn 欣 -ï̯ən	真乙 -ï̯ən
侵乙 -ï̯ə̣m	侵乙 -ï̯əm
蒸乙 -ï̯ə̣ńg	蒸乙 -ï̯əńg
支乙 -ï̯ĕ 脂乙 -ï̯ĕi 之乙 -ï̯ə̣i 微 -ï̯əi	脂乙 -ï̯əi
尤乙 -ï̯əu	尤乙 -ï̯əu
東三・乙 -ï̯ung	東三・乙 -ï̯ung
鍾乙 -ï̯ong	鍾乙 -ï̯ong
虞乙 -ï̯u	虞乙 -ï̯ü
魚乙 -ï̯o	魚乙 -ï̯ö

▽ d層

〈合口〉

『切韻』	『慧琳』
諄甲 -i̭ʷĕn	諄甲 -i̭ʷĕn
支甲 -i̭ʷĕ	脂甲 -i̭ʷəi
脂甲 -i̭ʷĕi	
諄乙 -ï̭ʷĕn	諄乙 -ï̭ʷən
文 -ï̭ʷən	
蒸乙 -ï̭ʷə̣nǵ	蒸乙 -ï̭ʷənǵ
支乙 -ï̭ʷĕ	脂乙 -ï̭ʷəi
脂乙 -ï̭ʷĕi	
微 -ï̭ʷəi	

以上です。中古音の音韻体系は唐代にはいると大きく変化しはじめていることが、『慧琳音義』の反切や外国漢字音、対音資料などによって明らかになっています。

声母についてみてみますと、㈠有声音の無声化(b→p、d→t、g→kなど)が起りました。例えば、〃並〃母(b-)の「歩」を日本の呉音ではブのように有声音で写しますが、漢音がホで写すのは、中国音で起った無声化の反映です。㈡鼻音声母の脱鼻音化(m→mb→b、n→nd→dなど)が起りました。例えば、〃明〃母(m)の「米」を日本の呉音はマ行で写しますが、漢音はバ行で写しています。脱鼻音化の反映です。(例)新米《マイ》(呉音):米《ベイ》国(漢音)、次男《ナン》(呉音):男《ダン》子(漢音)など。㈢軽唇音化(p→fなど)が起りました。

韻母は、右の一覧表でおわかりのように、多くの合流が起りました。

唐代長安音の声調はどうだったか

Q　ところで、声調はどうなっていたのでしょうか。現代中国語の四声に似たような調子だったのですか。

A　いいえ、かなりちがっていたと推測されます。声調というのは、改めてご説明することもないでしょうが、音節にかぶさっている高さ低さと昇り降りの、一種のイントネーションですね。六朝から中古音、唐代音を通じて平声・上声・去声・入声の四つの声調、つまり〈四声〉がありました。それは、『切韻』をはじめ、いわゆる〈切韻系韻書〉がこの四声によって巻が分けられていることからも明らかです。ところが、これらの四声がそれぞれどのような調子であったか——声調の実際の調子を（調値《ちょうち》）といいます——となると、-p -t -k という音で終る入声は別として、実はよくわからないのです。

先ほどお話したような音価推定の方法をこの調値の復元に応用しようとしても、現代の中国諸方言の調値はあまりにも多様で、そこからもとの姿を探ろうとしてもとても難しいのです。中国語とおなじように声調をもつベトナム語に伝わっている漢字音も有効な資料とはならないのが現状です。

このように、中古音の声調調値の推定はまさに八方塞りなのですが、幸いにも唐代の声調の調値については、そのことを記した文献資料が残されています。その詳細は省きますが、延暦寺の僧侶であった安然《あんねん》（八四一〜九〇二）の『悉曇蔵《しったんぞう》』（八八〇序）には、中国から渡ってきた人や留学僧たちが伝えた四種類の声調について描写した一段があります。解読はかなり難しいのですが、参考になります(36)。また、天台宗や真言宗に伝えられている漢音よみの声明《しょうみょう》――仏教徒が仏前で仏の徳をたたえて朗唱する声楽です――は一つ一つの文字の声調の調値にしたがって節がつけられたと伝えられているので、それを利用して調値を推測することもできます。実際にこれらの声明によって唐代の声調調値の研究をした方に、頼惟勤《つとむ》さん(一九二二～九九)や金田一春彦さん(一九一三～二〇〇四)たちがいます(37)。それらの研究によって唐代の調値のおおよそは一応うかがえるのですが、なお考究をすすめる余地は残されていると思います。けれども、杜牧の詩を唐代音で、と看板をかかげた以上、声調はよくわかりませんので後日あらためて、というわけにもまいりません。そこで、いま紹介した研究などをふまえ、ご自身の解釈もくわえて復元された、平山久雄さんの唐代音の調値を利用させていただくことにしました(38)。

平山さんは調値を陰調(声母が無声音の場合)と陽調(声母が有声音)に分けます。そしてそれぞれの調値は、グラフ式の表記と五段階式の数値による表記をあわせ用います。その数値は、最も低い音を1、最も高い音を5として示しています。例えば˩˥15とあれば、1の低さから5の高さへ昇る調子を意味します。それは左図のようです。なお入声は短かくつまるような感じで発音されます。

	(陰調)	(陽調)
〈平声〉	˧ 33	˩ 11
〈上声〉	˥ 55	˧˥ 35
〈去声〉	˨˥ 25	˩˦ 14
〈入声〉	˥ 55	˩ 11

なお、平山さんは、この調値体系は「仮に定め」たもので問題もあろうし、推定には自分の「見込み乃至は好み」や「相当程度私の恣意によって割り切られたもの」と述べていますが、十分参考になると思われますのでこの推定された調値（本書では音譜様式に改めてあります）によった次第です。

杜牧「江南春」を長安音で読む

Q 唐代長安音がやっと姿を現わしてくれるのですね。早速、その長安音で杜牧の「江南春」を写してみせてください。

A お待ちどおさまでした。長安音で読む「江南春」をご覧にいれましょう。参考のために現代中国語（普通話）音と、よけいなことかと迷ったのですが、復元された長安音を片仮名で表記したものも

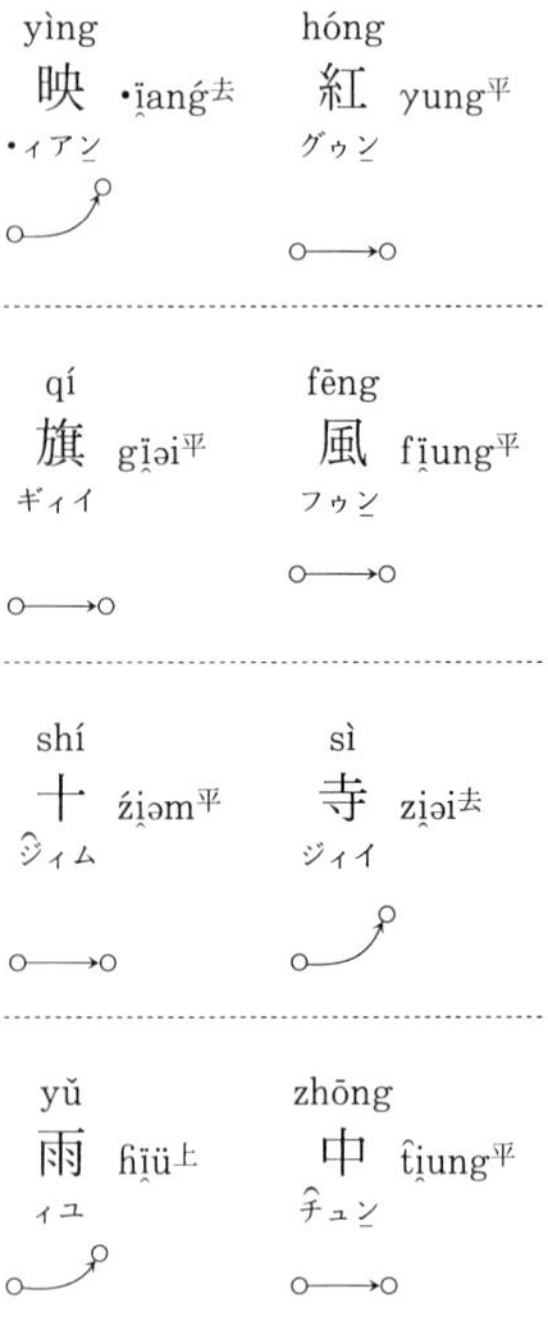

qiān	lǐ	yīng	tí	lǜ
千 ts‘i̯an^{平}	里 li̯əi^{上}	鶯 •ang^{平}	啼 di̯ai^{平}	緑 li̯ok
ツ‘ィアン	リィイ	•アン	ディアイ	リォッ(ク)

shuǐ	cūn	shān	guō	jiǔ
水 śi̯ʷəi^{上}	村 ts‘wən^{平}	山 ṣan^{平}	郭 kuâk	酒 tsi̯əu^{上}
シュイ	ツ‘ゥン	シァン	クヮッ(ク)	ツィウ

nán	cháo	sì	bǎi	bā
南 ndâm^{平}	朝 d̂i̯au^{平}	四 si̯əi^{去}	百 paḱ	八 pat
ダム	ヂィアウ	スィイ	パッ(ク)	パッ(ト)

duō	shǎo	lóu	tāi	yān
多 tâ^{平}	少 śi̯äu^{上}	楼 ləu^{平}	台 dâi^{平}	煙 •i̯an^{平}
タア	シィエウ	ロォウ	ダイ	•ィアン

並べてみました。唐代長安音を反映していると解される漢音をそのまま併記すればよろしいかとも思います。しかし漢音といえども、音韻構造のちがいから、例えば中国原音の-ngはウあるいはイと写さざるをえなかったように(四一ページ参照)、原音をそのまま写しとってはいません。そのような点を、すこしでも原音に近づけるように私が独断で漢音に手をくわえたのがここでの仮名表記です。もちろん、そこには限界があります。私の誤りや表記面の不備などもありましょうが近似音の一つとしていささかでも参考にしていただければと思います。なお仮名表記で、ンは-n[-n]を、ン̲は-ng[-ŋ]を表わします。カ‘、タ‘……などの〝‘〟印は、息を思いきり出して発音する〝有気音〟、⌒シ、⌒チ……などの〝⌒〟印は、舌先を上顎に近づけて発音する〝そり舌(捲舌《けんぜつ》)音〟、ヴはアルファベットのV(下の前歯が上唇に軽くふれる)の音、•ア、•ウ……などの〝•〟印は、声にならないが、喉がつまったような〝閉鎖音〟、ティァウ、クゥア……など、小字の「ィ」「ゥ」は、例えば、「流《リュウ》」は、〝リ・ユ・ウ〟ではなく、〝リュウ〟のように、軽く・短かく発音する〝渡り音〟です。また入声音の-p-k-tはそれぞれ(プ)(ク)(ト)のように表記しましたが、これは〝はっきり〟とではなく〝軽く・短かく〟発音される-p-k-tのことです。(39)

以上です。現代中国語の音で読むのとはかなり趣《おもむき》がちがうと思います。漢詩は声に乗って味を増すとも言われるようです。漢詩を訓読や現代音で読むのも結構ですが、ときには、推定された長安音で読みあげながら、詩人たちと彼《か》の唐の地をさまようのもまた一興かと思いますが、いかがでしょうか。

注

第1話

（1） 一海知義『漢詩入門』（〈岩波ジュニア新書〉一九九八、岩波書店）を参照。

（2） 中国語の音節は五つの部分から構成されています。その構造を、〈頭子音〉をI(Initial Consonant)・〈介母〉（〈主母音〉の前にそえられる補助的な母音で-i-類と-u-類の二種類があります）をM(Medial)・〈主母音〉をV(Principal Vowel)・〈末尾音〉をF(Final Consonant)・〈声調〉をT(Tone)として公式化すると、IMVF/Tとなります。現代中国語（普通話）のtiānを例とすれば、tがI、iがM、aがV、nがF、母音aの上の符号-がTにあたります。tā はIV/Tで、MとFはゼロ、jiā はIMV/TでFはゼロの構造を示しています。

中国音韻学ではこの音節を二つに分けて、Iを〈声母《せいぼ》〉、MVF/Tを〈韻母《いんぼ》〉と呼んでいます。

（3） 漢字音とは、言うまでもなく、中国大陸で生まれた漢字の音（読みかた）のことですが、漢字は日本・朝鮮・ベトナムに伝えられ、それぞれの国に特有の漢字音が生まれました。〈漢字文化圏〉の諸国で生まれた漢字音、これが外国漢字音で、〈日本漢字音〉〈朝鮮漢字音〉〈ベトナム漢字音〉があります。これらの漢字音は、中国語とはちがった音韻の構造や音声の特徴をもつ言語に移植されたので、もとの中国音とはちがった形で受けいれられます。そのうえ、その漢字音は、移植された国での言語の歴史的な音韻変化によって、もとの姿とは大きくかけ離れたものになることもあります。

日本漢字音は、その移植が多重的におこなわれたので、それには〈呉音《ごおん》〉（六朝時代の江南地方の音）、〈漢音《かんおん》〉（唐代長安音）の別があり、さらに〈唐音《とういん》〉（〝とうおん〟とも、また〈宋音〉とも。南宋の杭州音か？）と呼ばれるものもあります。〔例〕「行」の呉音はギヤウ（ギョウ）、漢音はカウ（コウ）、唐音はアン）。漢字文化の受容のしかたが日本とだいぶちがう朝鮮とベトナムの漢字音は、体系的には両方とも唐代の長安音をよく反映していることが明らかとなっています。

(4) 黄淬伯『慧琳一切経音義反切攷』(一九三一、歴史語言研究所)、河野六郎『朝鮮漢字音の研究』(もと一九六八、『河野六郎著作集2』一九七九、平凡社、所収)を参照。

(5) 小川環樹「南朝四百八十寺の読み方――音韻同化 assimilation の一例」(もと一九六〇、『中国語学研究』一九七七、創文社、所収)を参照。

第2話

(6) 一海知義『漢語の知識』(〈岩波ジュニア新書〉、一九八一、岩波書店)を参照。

畳韻について補足説明します。畳韻とは「韻母は同じで声母がちがう組み合わせ」(五二ページ)と述べました。韻母とは、注2で記したように、MVF/Tを合わせて呼びます。しかし、ここで畳韻の例としてあげた「長」と「江」を比べると、「長」にはM(介母)の-i-はなく、「江」にはあります。このように、畳韻や押韻などでは、中国音韻学という学問領域とはちがって、介母の有無は考慮されない場合もあります。

(7) 訳注書に、宇都宮清吉『顔氏家訓』(『中国古典文学大系 九』一九六九、平凡社、所収)があります。

(8) 訳注書に、興膳宏『文鏡秘府論』(『弘法大師空海全集』第五巻、一九八六、筑摩書房、所収)があります。なお、本文では省略した「調四声譜」の詳細は、この訳注書を参照してください。

(9) 馬淵和夫『日本韻学史の研究』I(一九六二、日本学術振興会)を参照。

(10) 日本語のア・イ・ウなど、母音を発音するときの舌の上・下の位置によって分類した場合、舌がもっとも低い位置におかれるものを〈広母音《ひろぼいん》〉(〝こうぼいん〟とも)といいます。舌の位置が低いと、舌と口蓋《こうがい》(上顎《うわあご》)とのあいだの空間が広くなるので、このように呼ばれます。日本語でいえば、ア(国際音声記号の[a][ɑ]など)が〈広母音〉です。一方、母音を発音するとき、舌がもっとも高い位置におかれるものを〈狭母音《せまぼいん》〉(高母音とも)といいます。舌の位置が高いと、舌と口蓋(上顎)のあいだの空間が狭くなるので、このように呼ばれます。日本語のイ[i]、ゥ[u](関西方言)、フランス語のsi[si](もし)、lune[lyn](月)、tout[tu](すべて)、ドイツ語のüber[yːbər](上に)などが〈狭母音〉です。

(11) 等韻学の専門用語です。韻図で、韻母の〈直《ちょく》・拗《よう》〉(一三六ページ参照)と主母音の〈広《こう》・狭《きょう》〉(注10を参照)によって分類された枠を〈等位《とうい》〉といいます。この等位は〈一・二・三・四〉等に四分されますが、これらをまとめて〈四等《しとう》〉と呼んでいます。

拗音・i類

一等・二等・三等・四等

〈広〉←主母音→〈狭〉

〈四等〉は介母の拗音的な要素・i類の有無によって〈直音韻母〉(一等と二等)と〈拗音韻母〉(三等と四等)に二分され、それぞれは主母音の〈広・狭〉によってさらに分けられます。ですから、〈一等・二等・三等・四等〉はその順に、韻母を発音するときの口の開きが〈広〉から〈狭〉へ移るように配列されたものと理解されています。

(12) 「等韻図と韻海鏡源——唐代音韻史の一側面」(もと一九五三、『中国語学研究』一九七七、創文社、所収)

(13) 等韻学の専門用語です。調音法(manner of articulation)による声母(語頭の子音)の分類です。清《せい》には、清・次清《じせい》の二種類、濁《だく》にも、濁・清濁《せいだく》の二種類があります。概略的に言えば、『韻鏡』の〈清〉——等韻学では〈全清〉といいます——は無声音[p][t](拼音《ピンイン》ではbd)など、〈次清〉は無声の有気音[pʻ][tʻ](拼音ではpt)など、〈濁〉——等韻学では〈全濁《ぜんだく》〉といいます——は有声音[b][d]など、〈清濁〉——等韻学では〈次濁《じだく》〉といいます——は鼻音[m]・流音[l]・半母音[w][j]などです。

第3話

(14) 頼惟勤監修・説文会編『説文入門』(一九八三、大修館書店)を参照。

(15) 科挙(高等文官の採用試験)は隋代にはじまり、清朝末期に廃止されました。唐の『大唐六典《りくてん》』はその科目として〈秀才《しゅうさい》・明経《めいけい》・進士《しんし》〉など六科をあげていますが、宋代になって科挙制度の改革がなされ、〈進士科〉以外のものは廃止されて科挙すなわち進士科の試験となり、そののち明・清にいたるまで進士科だけの科挙がつづいたのです。

　宋代よりのち、科挙は三つの段階、つまり〈郷試《きょうし》・会試《かいし》・殿試《でんし》〉をとっていましたが、清朝になるとまことに複雑なものとなりました。清朝では、この進士すなわち官僚の有資格者になるには、まずはじめに県でおこなわれる〈県試《けんし》〉、府での〈府試《ふし》〉、本試験ともいうべき〈院試《いんし》〉——以上を〈童試《どうし》〉といいます——にひきつづいて合格して「生員《せいいん》」(国立学校の生徒)となり、つぎに本来の科挙である〈郷試〉に合格して「挙人《きょじん》」となります。そしてさらに〈挙人覆試《ふくし》〉〈会試〉〈会試覆試〉〈殿試〉の試験に合格しなければなりませんでした。ちなみに、最難関といわれる〈郷試〉は、一〇〇人に九九人を落として一人だけ採用するという試験だったそうです。宮崎市定『科挙史』(もと一九四五、〈東洋文庫〉一九八七、平凡社)、村上哲見『科挙の話』(〈現代新書〉一九八〇、講談社)などを参照。

(16) 以下の記述は、吉田純「段玉裁の経学——学問と生涯——」(『東洋文化研究所紀要』第九十八冊、一九八五)、劉盼遂《りゅうはんすい》の『段玉裁先生年譜』(『段玉裁遺書』中華民国六十六年、大化書局所収)などを参考としました。

(17) 注15を参照。

(18) 注15を参照。

(19) 注15を参照。

(20) 注15を参照。

(21) ちなみに、「因声求義」の主張は清朝の学者による創見ではありません。宋末から元初にかけての戴侗(生没年不明)の『六書故』や明末の方以智(一六一一〜一六七一)の『通雅』などは、すでにこのことに言及しています。しかしながら、古音の研究が未開拓であったそのころに、真の意味での「因声求義」を実現することは不可能でした。「因声求義」の原則が着実に運用されるためには、古音の研究を確立させた段玉裁や王念孫たちの時代を待たねばならなかったのです。戴震が段氏の『六書音均表』に寄せた序で、この著作が世に出たことで「単に古音が得られるだけではなく、また多く古義にまで通じた」と述べるのは、いみじくもそのことを指摘していると思います。

(22) 連綿語には、〈双声〉のもの(参差《しんし》・恍惚《こうこつ》など)のほかに、〈畳韻〉のもの(窈窕《ようちょう》・荒唐《こうとう》など)、〈非双声・非畳韻〉のもの(狼狽《ろうばい》・滂沱《ぼうだ》など)、外来語の音訳である〈外来〉のもの(葡萄《ぶどう》・琵琶《びわ》など)があります。

第4話

(23) 原題は Etudes sur la phonetique historique de la langue annamite. Les initials, BEFEO. 12, 1912.

(24) 原題は La dialecte de Tch’ang-ngan sous les T’ang, BEFEO. 20, 1920.

(25) 原題は The Reconstruction of Ancient Chinese, TP. 21, 1922.

(26) その詳細は、頼惟勤監修・説文会編『中国語音韻研究文献目録』(一九八七、汲古書院)「四・二　高本漢(B. Karlgren)」「四・二・五附　カールグレンをめぐる論争年表」、頼惟勤「中国音韻史の研究の解説」(『万葉集大成』「言語篇」、一九五五、平凡社、所収)を参照。

(27) もと一九三七〜三九、『国語音韻史の研究』一九五七、三省堂、所収。

(28) もと一九三九、『河野六郎著作集2』一九七九、平凡社、所収。

(29) 『韻鏡』を一等・二等・三等・四等という四つの大枠に分類しています(注11を参照)。『韻鏡』に収められている韻のすべて(『広韻』の二〇六韻)は、その音韻的特徴によっていずれかに分けられ、図表では所定の場所(欄)に置かれています。そして、一等の欄に置かれる韻は〈一等韻〉、二等の欄に置かれる韻は〈二等韻〉というように呼ばれます。ただ、三等と四等については、三等にだけ置かれる韻（微・廃・欣〔迄〕・元〔月〕など）と四等にだけ置かれる韻（先〔屑〕・斉・蕭など）がある他に、三等と四等の両方に置かれる韻（支・脂・宵・仙〔薛〕・塩〔葉〕など）があります。そのため、この三つを区別するのに、それぞれを〈三等専属韻〉（純三等韻とも）、〈四等専属韻〉（純四等韻とも）、それに〈三・四等両属韻〉と呼び分けています。重紐が問題となるのは、この〈三・四等両属韻〉で声母が〝唇・牙・喉〟音のものです。

（30）重紐に関する論考のうち主なものは、㈠有坂・河野説のように、重紐を介母のちがいと解釈する、陸志韋『古音説略』（『燕京学報』専号之二十、一九四七）、王静如「論古漢語之腭介音」（『燕京学報』三十五期、一九四八）、李栄『切韻音系』（一九五二、中国科学院、一九五六〈新版〉、科学出版社）など、㈡重紐を主母音の広狭の別と解するPaul Nagel: Beiträge zur Rekonstrukiton der 切韻 Ts'ieh-yün Sprache auf Grund von 陳澧 ch'en Li's 切韻考 Ts'ieh-yün-K'au, TP. 2–36, 1941.、董同龢「広韻重紐試釈」（もと一九四五、『史語研集刊』十三本、一九四八）、周法高「広韻重紐的研究」（もと一九四五、『史語研集刊』十三本、一九四八）、㈢重紐を音韻論的に解釈して声母音素にその別を求める、三根谷徹「韻鏡の三・四等について」（『言語研究』22・23、一九五三）などがあります。

（31）以下（「実際の発音（音価）推定の拠りどころ」「復元作業の実例」）は、平山久雄「中古漢語の音韻」（『中国文化叢書① 言語』一九六七、大修館書店、所収）に拠っています。

（32）（33）漢音・呉音については注3を参照。

（34）平・上・去声韻（以下、平声の韻目で代表）に対置される入声韻の韻目は次のとおりです。東（平声韻）・屋（入声韻）、冬・沃、鍾・燭、江・覚、真・質、諄・術、臻・櫛、文・物、欣・迄、元・月、魂・没、寒・曷、桓・末、刪・鎋、山・黠、先・屑、仙・薛、陽・薬、唐・鐸、庚・陌、耕・麦、清・昔、青・錫、蒸・職、登・徳、侵・緝、覃・合、談・盍、塩・葉、添・怗、咸・洽、銜・狎、厳・業、凡・乏。

（35）河野先生は中古音の韻尾に、これまでの-ng（-k）のほかに-nǵ（-ḱ）を新たに設けました。この-nǵ（-ḱ）韻尾について河野先生は「従来の説では velar(軟口蓋音《なんこうがい》)――舌の奥の部分と、上顎の奥の柔らかい部分(軟口蓋)との間で調音される[k][g][ŋ]などの音――の-ng(-k)に対する palatal(硬口蓋音《こうこうがい》)――舌の前の部分と上顎の前半分の堅い部分(硬口蓋)との間で調音される[ɲ](フランス語 montagne)、[ç](ドイツ語 ich)などの音――-nǵ(-ḱ)の存在を認めてゐないが、この差別は上古音との関連においても、又近世音への発展にも説明に便利である」として、Aグループの〝唐・江・陽〟、Bグループの〝東・冬・鍾〟の各韻が velar の-ng(-k)韻尾をもっていたのに対して、Aグループの〝庚・耕・清・青〟、Bグループの〝登・蒸〟の各韻は palatal の-nǵ(-ḱ)の韻尾をもっていたと推定し、現代の中国諸方言のなかに、前者は-ngを保っているが後者は-nに変化している方言(例えば四川)もあり、「これは空虚な恣意的な操作ではない」と述べています(『朝鮮漢字音の研究』一三二頁〜、一部補筆)。

ちなみに、日本の漢音では velar の-ngはすべてウで(当《トウ》〈唐韻〉、双《ソウ》〈江韻〉、強《キョウ》〈陽韻〉、弓《キュウ》〈東韻〉、攻《コウ》〈冬韻〉、松《ショウ》〈鍾韻〉)、一方の palatal の-nǵはイで(平《ヘイ》〈庚韻三等〉、正《セイ》〈清韻〉、経《ケイ》〈青韻〉)写されているものと、ウで(磅《ホウ》〈庚韻一等〉、争《ソウ》〈耕韻〉、増《ソウ》〈登韻〉、氷《ヒョウ》〈蒸韻〉)写されているものとがあります。

(36) 頼惟勤「日本における漢字・漢文」(『中国文化叢書⑨ 日本漢学』一九六八、大修館書店、所収)を参照。

(37) 頼惟勤「漢音の声明とその声調」(もと一九四九、『頼惟勤著作集Ⅰ 中国音韻論集』一九八九、汲古書院、所収)、金田一春彦「日本四声古義」(寺川・稲垣・金田一編『国語アクセント論叢』一九五一、法政大学出版局、所収)を参照。

(38) 平山久雄「「唐代音による唐詩の朗読」について」(『漢文教室』120、一九七一、大修館書店、所収)を参照。

(39) 詩の中にみえるデ・グ・ギ……などの表記について一言。デ・グ……などの〝゛〟印は有声音(濁音)を示します。第1話で、古代北方中国語の有声音は唐代のころに無声化した、とお話したのに、ここに有声音の表記がみえることに不審を抱かれる方もいるかと思います。ただ、その詳細は省きますが、唐代長安音ではまだ完全には無声化せず、なお有声音の名残りがあったのではないかと思われるのです。その、いわば一種の半有声性(すこし濁った感じの発音)をどのように表記したらよろしいか迷ったのですが、結局〝゛〟印で示すことにしました。ご了解ください。

あとがき

おわりにあたって、「豊かな言葉の森へ」というお三方の座談を紹介します。それは月刊『図書』第七〇五号(岩波書店、二〇〇七年一二月)に載っていたものです。そのなかで、次のような会話(小見出しは「こころよい響きとは何か」)が見られます(一部抜粋、補筆)。

堀井令以知(言語学者)　亡くなられた金田一春彦さんが万葉時代の発音を再現しようとされたことがありましたよね。
加賀美幸子(アナウンサー)　試みられましたね。テープで残っています。
小林恭二(作家)　やたら耳障りな言葉でしたね。鴃舌《げきぜつ》というか、もずの言葉みたいな、チャッ、チャッ、チョ、チュみたいな感じの音ですよね。
加賀美　どうしてそういうふうになるんですか。
小林　それがもともとの音なんじゃないですか。万葉時代ぐらいの音は。
堀井　「笹の葉は」という時は「つぁつぁのふぁふぁ」ですね。

小林　そんな発音ですね。

堀井　(略)「万葉集」の旅人の「笹の葉」の歌を「清澄な響きがある」とおっしゃった先生がいたんですが、その時は「さ行がかくも美しい」とおっしゃって、澄んだ清涼感の表現だ、と……。

小林　と言うんだけれども、我々の耳で聞くと、どうもちょっといかがかな、と。

ここでは万葉時代の日本語の発音が話題となっています。これまでの研究の結果、日本語のハ行子音はもともとは[p](両唇破裂音、パ)であり、のちに[ɸ](両唇摩擦音、ファ)となり、さらに[h](喉頭摩擦音、ハ)に変って現在にいたっていることは広く認められています。サ行の子音には問題が多いようですが、有坂秀世さんは、万葉仮名として用いられた漢字音などを材料として、奈良時代および平安初期のころは、サの頭音が[ts](破擦音、ツ)、シの頭音が[s]または[ʃ](摩擦音、スまたはシ)であったと推定しています(「上代に於けるサ行の頭音」もと一九三六、『国語音韻史の研究』〈前引書〉所収)。

右の座談のなかに登場した某〝先生〟が「さ行がかくも美し」く、〝澄んだ清涼感の表現だ〟といったとのことですが、万葉時代のサ行頭音を思い浮かべながらの発言だったのでしょうか。もし、ご自身がいだいている現代のサ行頭音の印象で万葉歌の音の響きを云々したとすれば、いささか危い気がします。もっとも音の響きの美しさなどというのは、いろいろな要因(例えば、言語の違い、時代・文化背景、地域・個人差など）がまざりあっていて一概に論じられないと思いますが、もし、詩歌がつくられた時代の音韻を復元し、作者がどのような心情のもとで、それらの音韻を紡ぎ合わせながら詩歌を詠んだのかを探ることができれば、詩歌をより深く味わうことができるのではないでしょうか。

中国音韻学という分野に携わってきた者として、〝漢詩の読みかた〟はとても気になります。高校生のころ、訓読という技法に感心しながらも、できれば、漢詩が詠まれた時代の音《おん》でその詩が読めたらいいな、しかし昔の音を復元するなど夢のまた夢、とても無理だろうなと思っていました。ところが、その夢をかなえてくれるかもしれない助人《すけっと》のいることを知ったのです。それが近代ヨーロッパで発達した比較文法の方法をもとり入れた中国音韻学でした。中国音韻学——いささか近寄り難い印象を与えかねませんが、それは漢字を形づくっている音韻の実相や歴史などを明らかにしようとするもので、それはまた、日本の漢音や呉音などを理解するうえでも大きな力となります。そのことを広く知っていただければと思い、漢詩を拠りどころとして話を展開させたのが本書です。

本書をまとめるにあたっては、先学諸氏の業績に多く助けられました。本文中の「江南春」、付録として添えた唐詩一〇篇の長安音による音読は、もと同僚の大谷通順さん（いま北海学園大学教授）と邢玉芝さん（北海道大学非常勤講師）にお願いしました。お礼を申します。その録音はユーチューブを通して聞けるようにする予定ですので、ご視聴いただければ幸いです。また、これら唐詩の訓読と日本語訳は、おなじくもと同僚の成瀬哲生さん(いま山梨大学教授)が快く引受けてくださいました。とても感謝しています。いろいろ手助けしてくれた今田裕志君(二松學舎大学非常勤助手)にも感謝しています。

前二著のときと同じく、このたびの編集と出版にも岩波書店の平田賢一さんにたいへんお世話になりました。内容をはじめ書名にいたるまでお力添えいただきました。心からお礼を申し述べます。

それはもう半世紀ほど前のことになってしまいました。なんとなく中国音韻学なるものに興味をもちはじめた私は、三根谷徹先生と河野六郎先生のご指導を仰ぐことになりました。『韻鏡』なんかに首をつっこむと、一生そこから抜け出られなくなるよ」と言われた三根谷先生、「音韻学をやるんだって? 奇特なお方だねぇ」と口にされた河野先生でした。お二人の言葉はまことに含蓄に富んでいて、中国音韻学の魅力とその奥深さを語っているといまさらのように気づかされます。未熟者が口にするのもおこがましいのですが、私たちの身近にいる漢字の音韻に、いささかでも関心をもっていただければいいなと思う次第です。

謎とロマンに満ちた漢字音の世界、探訪なさってみてはいかがでしょうか。

二〇〇九年三月

大島正二

付録

1 李白「秋浦歌」(五言絶句、韻字は丈・長・霜)

bái 白 baḱ バッ(ク)	fà 髪 fi̯ʷat ファッ(ト)	sān 三 sâm平 サム	qiān 千 ts'i̯an平 ツ'ィアン	zhàng 丈 d̂i̯ang上 ヂィアン
yuán 縁 ji̯ʷan平 ィワン	chóu 愁 dẓi̯əu平 ジィウ	sì 似 zi̯əi上 ジィイ	gè 箇 kâ去 カァ	cháng 長 d̂i̯ang去 ヂィアン
bù 不 fi̯ʷət フォッ(ト)	zhī 知 t̂i̯əi平 チィイ	míng 明 mi̯anǵ平 ミィアン	jìng 鏡 ki̯anǵ去 キィアン	lǐ 裏 li̯əi上 リィイ
hé 何 γâ平 ガア	chù 処 tś'i̯ö去 シィヨ	dé 得 təḱ トッ(ク)	qiū 秋 ts'i̯əu平 ツ'ィウ	shuāng 霜 ṣi̯ang平 シィアン

秋浦歌　李白

白髪三千丈
縁愁似箇長
不知明鏡裏
何処得秋霜

秋浦《しゅうほ》の歌

白髪《はくはつ》　三千丈《じょう》
愁《うれ》ひに縁《よ》つて　箇《か》くの似《ごと》く長し
知らず　明鏡《めいきょう》の裏《うち》
何《いず》れの処《ところ》より　秋霜《しゅうそう》を得たる

長く長く伸びた白い髪
絶えざる悲しみがこんなにも髪を伸ばしたのだ
鏡は髪の白さをくっきり映し出す
秋の霜のような白さまで悲しみのためなのだろうか

xiàng 向 χi̯ang去 キィアン̱	wǎn 晩 ɱvi̯ʷan上 ヴヮン	yì 意 •i̯əi去 •ィイ	bù 不 fi̯ʷət フォッ（ト）	shì 適 śi̯aḱ シ̑ィアッ（ク）
qū 駆 k'i̯ü平 キ'ィユ	chē 車 tś'i̯a平 シ̑'ィア	dēng 登 təng平 トォン̱	gǔ 古 ku上 クウ	yuán 原 ngi̯an平 グィアン
xī 夕 zi̯aḱ ジィアッ（ク）	yáng 陽 ji̯ang平 ィヤン̱	wú 無 ɱvi̯ü平 ヴィユ	xiàn 限 ɣan上 ガン	hǎo 好 χâu上 カァウ
zhǐ 只 tśi̯əi平 シ̑ィイ	shì 是 źi̯əi上 ジ̑ィイ	jìn 近 gi̯ən上 ギィン	huáng 黄 ɣuâng平 グゥアン̱	hūn 昏 χʷən平 クォン

楽遊原　李商隠

向晩意不適
駆車登古原
夕陽無限好
只是近黄昏

楽遊原《らくゆうげん》
晩《くれ》に向《なん》なんとして　意《こころかな》適はず
車を駆《か》つて　古原《こげん》に登る
夕陽《せきよう》　無限に好《よ》し
只《た》だ是《こ》れ　黄昏《こうこん》に近し

日が傾くにつれ心落ち着かず
馬車を駆って遠い昔行楽地であった高台に登った
落日の陽光が一瞬かいま見せる永遠の美しさ
今こそがたそがれ直前の光景なのだ

3 張継「楓橋夜泊」(七言絶句、韻字は天・眠・船)

wū	tí	shuāng	mǎn	tiān
烏 ·u平	啼 di̯ai平	霜 ṣi̯ang平	満 mbuân上	天 t'i̯an平
·ウゥ	ディアイ	シィアン	ブゥアン	テ'ィアン
○→○	○→○	○→○	○⤴○	○→○

yú	huǒ	duì	chóu	mián
漁 ngï̯o̯平	火 χuâ上	対 tuâi去	愁 dẓi̯əu平	眠 mbi̯an平
ギィヨ	クゥア	トゥアイ	ジィウ	ビィアン
○→○	○→○	○⤴○	○→○	○→○

chéng	wài	hán	shān	sì
城 źi̯anǵ平	外 ngâi去	寒 ɣân平	山 ṣan平	寺 ziəi去
ジィアン	ガイ	ガン	シァン	ジィイ
○→○	○⤴○	○→○	○→○	○⤴○

zhōng	shēng	dào	kè	chuán
鐘 tśï̯ong平	声 śï̯anǵ平	到 tâu去	客 k'aḱ	船 dźï̯ʷan平
シィオン	シィアン	タウ	カ'ッ(ク)	ジィワン
○→○	○→○	○⤴○	○→○	○→○

yuè	月	ngi̯^{w}at	ギヮッ(ト)
luò	落	lak	ラッ(ク)
jiāng	江	kang平	カン
fēng	楓	fi̯ung平	フゥン
gū	姑	ku平	クウ
sū	蘇	su平	スウ
yè	夜	ja去	ィア
bàn	半	puân去	プアン

楓橋夜泊　張継

月落烏啼霜満天
江楓漁火対愁眠
姑蘇城外寒山寺
夜半鐘声到客船

楓橋夜泊《ふうきょうやはく》

月落ち　烏《からす》啼《な》いて　霜天《しもてん》に満つ
江楓《こうふう》　漁火《ぎょか》　愁眠《しゅうみん》に対す
姑蘇《こそ》城外《じょうがい》　寒山寺《かんざんじ》
夜半の鐘声《しょうせい》　客船に到《いた》る

月が沈み烏が鳴き声をあげ寒々とした霜の気が天空をおおう
水辺の楓といさり火が孤独な旅人の眠りを見つめている
姑蘇(蘇州)郊外の寒山寺から
真夜中の鐘の音が遠く旅人の船にまで届く

4 王翰「涼州詞」(七言絶句、韻字は杯・催・回)

měi 美 ɱvi̯əi上 ヴィイ	jiǔ 酒 tsi̯əu上 ツィウ	yè 夜 ja去 ィア	guāng 光 kuâng平 クゥアン	bēi 杯 puâi平 プゥアイ
pí 琵 vi̯əi平 ヴィイ	pá 琶 ba平 バア	mǎ 馬 mba上 バア	shàng 上 ʑi̯ang去 ジィアン	cuī 催 ts'uâi平 ツ'ゥアイ
shā 沙 ṣa平 シア	chǎng 場 ḍi̯ang平 ディアン	jūn 君 ki̯wən平 キィゥン	mò 莫 mbak バッ(ク)	xiào 笑 si̯au去 スィアウ
zhēng 征 tśi̯ang平 シィアン	zhàn 戦 tśi̯an去 シィアン	jǐ 幾 ki̯əi上 キィイ	rén 人 ɲʑi̯ən平 ジィン	huí 回 ɣuâi平 グゥアイ

漢字	現代音	中古音	字音
葡	pú	bu平	ブウ
萄	táo	dâu平	ダウ
欲	yù	ji̯ok	ィオッ(ク)
飲	yǐn	·ĭ̯əm上	·ィム
酔	zuì	tsi̯wəi去	ツィゥイ
臥	wǒ	nguâ去	グゥワ
古	gǔ	ku上	クウ
来	lái	lâi平	ライ

涼州詞　王翰

葡萄美酒夜光杯
欲飲琵琶馬上催
酔臥沙場君莫笑
古来征戦幾人回

涼州詞

葡萄《ぶどう》の美酒　夜光《やこう》の杯《はい》
飲《のま》んと欲すれば　琵琶《びわ》　馬上に催《もよお》す
酔うて沙上《さじょう》に臥《ふ》す　君　笑ふこと莫《な》かれ
古来　征戦　幾人《いくたり》か　回《かえ》る

夜光の名のある白玉の杯に芳醇なワインがそそがれる
飲もうとしたところ馬上からは琵琶の音が聞こえてきた
戦の最前線である砂漠で酔いつぶれたなどと、皆々笑ってくれるな
昔から遠征に従軍して無事に生還できる者は稀なのだから

5 岑参「磧中作」（七言絶句、韻字は天・円・烟）

xī	lái	yù	dào	tiān
西 si̯ai平	来 lai平	欲 ji̯ok	到 tâu去	天 t'i̯an平
スィアイ	ライ	ィオッ(ク)	タウ	テ'ィアン
jiàn	yuè	liǎng	huí	yuán
見 ki̯an去	月 ngĭ̯ʷat	両 lĭ̯ang上	回 ɣuâi平	円 ɦĭ̯ʷan平
キィアン	ギヮッ(ト)	リィアン	グゥアイ	ィワン
bù	zhī	hé	chù	sù
不 fĭ̯ʷət	知 t̂ĭ̯əi平	何 ɣâ平	処 tś'ĭ̯ö去	宿 si̯uk
フォッ(ト)	チ̂ィイ	ガア	シ̑'ィヨ	スィウッ(ク)
wàn	lǐ	jué	rén	yān
万 ɱvĭ̯ʷan去	里 lĭ̯əi上	絶 dzi̯ʷat	人 ȵʒĭ̯ən平	烟 ·i̯an平
ヴヮン	リィイ	ジヮッ(ト)	ジィン	·ィアン

zǒu	走	tsəu上	ツォウ
mǎ	馬	mba上	バア
cí	辞	zi̯əi平	ジィイ
jiā	家	ka平	カア
jīn	今	kĭ̯əm平	キム
yè	夜	ja去	ィア
píng	平	vi̯anǵ平	ヴィアン
shā	沙	ṣa平	シア

磧中作　岑参

走馬西来欲到天
辞家見月両回円
今夜不知何処宿
平沙万里絶人烟

磧中《せきちゅう》の作

馬を走らせて　西に来《きた》り　天に到《いた》らんと欲す
家を辞して　月の両回　円《まど》かなるを見る
今夜《こよい》　知らず　何《いず》れの処《ところ》にか宿《しゅく》せん
平沙《へいさ》万里《ばんり》　人烟《じんえん》　絶ゆ

西へ西へと馬を走らせて地平線の彼方の天に上るかと思われるほど
家を出てから月は二度も満月となった
今宵は何処に泊まることになるのだろうか
目の前には果てしなく砂漠が広がり人家の煙は気配すらない

jiǎo 角 kak カッ(ク)	shàng 上 źi̯ang去 ジィアン	zhēng 争 tṣang平 シァン	hé 何 ɣâ平 ガア	shì 事 dẓi̯əi去 ジィイ
guāng 光 kuâng平 クゥアン	zhōng 中 t̂i̯ung平 チュン	jì 寄 kĭ̯əi去 キィイ	cǐ 此 ts'i̯əi上 ツ'ィイ	shēn 身 śĭ̯ən平 シィン
suí 随 zi̯əi平 ヅィイ	pín 貧 vĭ̯ən平 ヴィン	qiē 且 ts'a上 ツ'ア	huān 歓 χuân平 クゥアン	lè 楽 lâk ラッ(ク)
kǒu 口 k'əu上 コ'ォウ	xiào 笑 si̯au去 スィアウ	shì 是 źĭ̯əi上 ジィイ	chī 痴 t̂'ĭ̯əi平 テ'ィイ	rén 人 ɲʒĭ̯ən平 ジィン

wō
蝸 kʷai平
クヮイ
○──→○

niú
牛 ngi̯ə̈u平
ギィウ
○──→○

---

shí
石 źi̯aḱ
ジィアッ(ク)
○→○

huǒ
火 χuâ上
クゥア
○──→○

---

suí
随 zi̯əi平
ヅィイ
○──→○

fù
富 fi̯əu去
フォウ
○──→○

---

bù
不 fi̯ʷət
フォッ(ト)
○→○

kāi
開 k'âi平
カ'イ
○──→○

対酒　白居易

蝸牛角上争何事
石火光中寄此身
随富随貧且歓楽
不開口笑是痴人

酒《さけ》に対す

蝸牛《かぎゅう》　角上《かくじょう》　何事をか争ふ
石火《せっか》　光中《こうちゅう》　此《こ》の身を寄す
富に随《したが》ひ　貧しきに随ひ　且《しば》らく歓楽せん
口を開きて笑はざるは　是《こ》れ痴人なり

かたつむりのつのの上のように小さなこの世で人は何を争うのか
人の一生は火打石の火花が散るはかなさ
富んでいようが貧しかろうが目の前に酒がある今こそ楽しむべき時
大きく口を開いて笑わないのはそれこそ愚か者

7 柳宗元「江雪」(五言絶句、韻字は絶・滅・雪)

qiān 千 tsʻi̯an平 ツʻィアン	shān 山 ṣan平 シ̂ァン	diǎo, niǎo 鳥 ti̯əu上 ティアウ	fēi 飛 fi̯ʷəi平 フゥイ	jué 絶 dzi̯ʷat ジヮッ(ト)
wàn 万 ɱvi̯ʷan去 ヴヮン	jìng 径 ki̯ang去 キィアン̲	rén 人 ɲʒi̯ən平 ジィン	zōng 蹤 tsi̯ong平 ツィオン̲	miè 滅 ɱvi̯at ヴァッ(ト)
gū 孤 ku平 クウ	zhōu 舟 tśi̯əu平 シ̂ィウ	suō 蓑 suâ平 スゥア	lì 笠 li̯əp リッ(プ)	wēng 翁 ・ung平 ・ウン̲
dú 独 duk ドゥッ(ク)	diào 釣 ti̯au去 ティアウ	hán 寒 γân平 ガン	jiāng 江 kang平 カン̲	xuě 雪 si̯ʷat スィヮッ(ト)

江雪　柳宗元

千山鳥飛絶
万径人蹤滅
孤舟蓑笠翁
独釣寒江雪

江雪《こうせつ》

千山《せんざん》　鳥飛ぶこと絶え
万径《ばんけい》　人蹤《じんしょう》　滅す
孤舟《こしゅう》　蓑笠《さりゅう》の翁《おう》
独《ひと》り釣《つ》る　寒江《かんこう》の雪

連なる山々には鳥の飛ぶ姿も見えず
道という道からは人の足跡も消えた
ぽつんと浮かぶ舟には蓑と笠をつけた老人
たった一人で雪が降る川面に釣り糸を垂れている

guó 国 kʷəḱ クォッ(ク)	pò 破 p'uâ去 プ'ゥワ	shān 山 ṣan平 シァン	hé 河 ɣâ平 ガア	zài 在 dzâi上 ジァイ
chéng 城 źi̯anǵ平 ジィアン	chūn 春 tś'i̯ʷən平 シ'ィゥン	cǎo 草 ts'âu上 ツ'ァウ	mù 木 mbuk ブッ(ク)	shēn 深 śi̯əm平 シィム
gǎn 感 kâm上 カム	shí 時 źi̯əi平 ジィイ	huā 花 χʷa平 クゥア	jiàn 濺 tsi̯an去 ツィアン	lèi 涙 li̯əi去 リィォイ
hèn 恨 ɣən去 ゴォン	bié 別 pi̯at ピィアッ(ト)	diǎo, niǎo 鳥 ti̯au上 ティアウ	jīng 驚 ki̯anǵ平 キィアン	xīn 心 si̯əm平 スィム
fēng 烽 fi̯ong平 フォン	huǒ 火 χuâ上 クゥア	lián 連 li̯an平 リィアン	sān 三 sâm平 サム	yuè 月 ngi̯ʷat ギヮッ(ト)
jiā 家 ka平 カア	shū 書 śi̯ö平 ショ	dǐ 抵 ti̯ai上 ティアイ	wàn 万 ɱvi̯ʷan去 ヴゥン	jīn 金 ki̯əm平 キィム

bái	tóu	sāo	gèng	duǎn
白 baḱ	頭 dəu平	搔 sâu平	更 kanǵ去	短 tuân上
バッ(ク)	ドウ	サウ	カン	トゥワン

hún	yù	bù	shèng	zān
渾 ɣuən平	欲 ji̯ok	不 fi̯ʷət	勝 śi̯əŋ́平	簪 tsâm平
グゥォン	イオッ(ク)	フォッ(ト)	ション	ツァム

春望　杜甫

国破山河在
城春草木深
感時花濺涙
恨別鳥驚心
烽火連三月
家書抵万金
白頭搔更短
渾欲不勝簪

春望

国破れて山河《さんが》在《あ》り
城《じょう》春にして草木《そうもく》深し
時に感じて花にも涙を濺《そそ》ぎ
別れを恨《うら》んで鳥にも心を驚かす
烽火《ほうか》　三月に連なり
家書《かしょ》　万金《ばんきん》に抵《あた》る
白頭《はくとう》　搔《か》けば更《さら》に短く
渾《すべ》て簪《しん》に勝《た》へざらんと欲す

長安の都は賊軍の手に落ちたが山も河も何ら変わらない
都の春はいつもの春と変わらず草木が生い茂っている
状況の激変のためだろうか、目に入る花の美しさに涙があふれ
家族と離ればなれになったせいだろうか、耳に入る鳥の鳴き声にも心はギクリとする
戦乱はすでに三ヶ月も続き
ひそかに送られてきた家族からの手紙はかけがえがない貴さ
白髪頭をかきむしると髪はいよいよ薄く短くなっている
もはや冠をかぶっても簪で止めることもできないとは、何と老いぼれたことだろうか

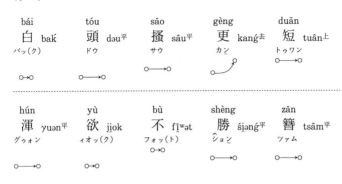

9 李白「子夜呉歌(其三)」(五言古詩、韻字は声・情・征)

cháng 長 d̂ĭ̯ang去 ディアン	ān 安 •ân平 •アン	yī 一 •i̯ət •イッ(ト)	piàn 片 p'i̯an去 ピ'ィアン	yuè 月 ngi̯ʷat ギワッ(ト)
wàn 万 ɱvĭ̯ʷan去 ヴワン	hù 戸 ɣu上 グウ	dǎo 擣 tâu上 タウ	yī 衣 •ĭ̯əi平 •ィイ	shēng 声 śi̯ang平 シィアン
qiū 秋 ts'i̯əu平 ツ'ィウ	fēng 風 fĭ̯ung平 フウン	chuī 吹 tś'i̯ʷie̯平 シ'ユイ	bù 不 fĭ̯ʷət フォッ(ト)	jìn 尽 dzi̯ən上 ジィン
zǒng 総 tsung上 ツウン	shì 是 źi̯ie̯上 ジィイ	yù 玉 ngĭ̯ok ギョッ(ク)	guān 関 kʷan平 クワン	qíng 情 dzi̯anǵ平 ジィアン
hé 何 ɣâ平 ガア	rì 日 ɲʒi̯ət ジィッ(ト)	píng 平 vĭ̯anǵ平 ヴィアン	hú 胡 ɣu平 グウ	lǔ 虜 lu上 ルウ
liáng 良 li̯ang平 リィアン	rén 人 ɲʒi̯ən平 ジィン	bà 罷 bai上 バイ	yuǎn 遠 ɦi̯ʷan上 ィワン	zhēng 征 tśi̯anǵ平 シィアン

子夜呉歌　李白

長安一片月
万戸擣衣声
秋風吹不尽
総是玉関情
何日平胡虜
良人罷遠征

子夜呉歌《しやごか》

長安　一片《いっぺん》の月
万戸《ばんこ》　衣《ころも》を擣《う》つの声
秋風《しゅうふう》　吹きて尽きず
総《す》べて是《こ》れ玉関《ぎょくかん》の情
何《いず》れの日か胡虜《こりょ》を平らげ
良人《りょうじん》　遠征を罷《や》めん

夜の長安が月明かりに浮かび
あちらこちらから砧を打つ音が響く
秋の風が絶えることなく吹き続ける
遥か遠く西域の地に派遣された夫はどうしていることだろうか
何時になったら戦いに勝ち
夫が帰ってこられるようになるのだろうか

10 孟浩然「春暁」（五言絶句、韻字は暁・鳥・少）

chūn 春 tś'ĭ̯ʷən平 シ'ィゥン	mián 眠 mbi̯an平 ビィアン	bù 不 fĭ̯ʷət フォット	jué 覚 kak カッ(ク)	xiǎo 暁 χi̯au上 キィアウ
chù 処 tś'ĭ̯ö去 シ'ィヨ	chù 処 tś'ĭ̯ö去 シ'ィヨ	wén 聞 ɱvĭ̯ʷən平 ヴゥン	tí 啼 di̯ai平 ディアイ	diǎo, niǎo 鳥 ti̯au上 ティアウ
yè 夜 ja去 ィア	lái 来 lâi平 ライ	fēng 風 fĭ̯ung平 フゥン	yǔ 雨 ɦĭ̯u上 ィユ	shēng 声 śĭ̯ang平 シィアン
huā 花 χʷa平 クゥア	luò 落 lâk ラッ(ク)	zhī 知 t̂ĭ̯əi平 チィイ	duō 多 tâ平 タア	shǎo 少 śĭ̯äu上 シィエウ

春暁　孟浩然

春眠不覚暁
処処聞啼鳥
夜来風雨声
花落知多少

春暁《しゅんぎょう》
春眠暁《あかつき》を覚えず
処処啼鳥《しょしょていちょう》を聞く
夜来風雨《やらいふうう》の声
花落つること知《し》んぬ多少ぞ

春の眠りは深く暁になったことにも気づかず
あちらこちらから鳥の鳴き声が聞こえてきてようやく目が覚めた
そういえば昨夜は雨風の荒れ模様であった
外では一体どれだけの花が散っていることであろうか

＊　読み下し文、現代語訳は成瀬哲生氏による

マ 行

ヤ 行

ラ 行

タ 行

ナ 行

ハ 行

サ 行

索　引

■岩波オンデマンドブックス■

唐代の人は漢詩をどう詠んだか
——中国音韻学への誘い

2009年6月24日　第1刷発行
2011年2月4日　第3刷発行
2017年7月11日　オンデマンド版発行

著　者　大島正二《おおしましょうじ》

発行者　岡本　厚

発行所　株式会社 岩波書店
〒101-8002 東京都千代田区一ツ橋2-5-5
電話案内 03-5210-4000
http://www.iwanami.co.jp/

印刷／製本・法令印刷

ISBN 978-4-00-730633-4　　Printed in Japan